中国新闻精华读本（第六卷）

捍卫常识

中国新闻时评精选（第六辑）

宁二◎编选

南方日報出版社
NANFANG DAILY PRESS
中国·广州

图书在版编目（CIP）数据

捍卫常识 ：中国新闻时评精选. 第六辑 / 宁二编选. -- 广州 ：南方日报出版社，2013.4
ISBN 978-7-5491-0797-1

Ⅰ. ①捍… Ⅱ. ①宁… Ⅲ. ①评论性新闻－作品集－中国－当代 Ⅳ. ①I253

中国版本图书馆 CIP 数据核字(2013)第 045959 号

HANWEI CHANGSHI
捍卫常识：中国新闻时评精选（第六辑）　　宁二 编选

出版发行：南方日报出版社
地　　址：广州市广州大道中 289 号
电　　话：（020）83000502
经　　销：全国新华书店
印　　刷：广东信源彩色印务有限公司
开　　本：889mm×1194mm　1/16
印　　张：11.75
字　　数：200 千字
版　　次：2013 年 4 月第 1 版
印　　次：2013 年 4 月第 1 次印刷
定　　价：25.00 元

投稿热线：（020）83000503　**读者热线**：（020）83000502

网址：http://www.nfdailypress.com/

发现印装质量问题，影响阅读，请与承印厂联系调换

目 录

民　生

公　益

经　济

域 外

史 见

思 想

文　化

前言

宁 二

在回溯了2011年多家颇具影响力的报刊之后，作为编者和新闻人，心里并不舒畅。2011年是个新闻大事不断爆发的年份，有太多值得充分讨论和思考的个案。随手便是例子：温州动车事件、陆丰乌坎事件、佛山小悦悦事件、郭美美事件、北京打工子弟学校被强拆、甘肃校车事故、大连PX项目事件种种，无一不是轰动一时、举国关注的热点。然而，检视印在报刊上的新闻和评论，酣畅淋漓睿智深刻的经典时论却似不如往年多了。

我们或许面临一个传统新闻事业的拐点。这为中国舆论环境的大气候所决定，同时又受席卷全球的网络及社交媒体的影响——甚或可更惨烈地称之为“撕裂”。过去几年舆论环境的下行趋势在2011年诞下了真正的苦果，社交媒体信息传递的交互性快速增强，又令到传统媒体的传播力首先受到巨大挑战，而言论和观点的碎片化又迅速造就出几乎全新的读者：他们似乎越来越没有耐心细读那些以文辞之美提供当下洞见的精彩文章，他们更在乎140字的情绪表达。

于是，这样的背景下，那些真正的言论珍宝便更显宝贵。当越来越多人选择躲闪，还有一些人在坚持发出独立的见解，努力以自己的思考真诚面对时代。那些坚守着的时评界同仁仍然值得尊敬，作为编者，我相信这部集子中的文章和作者皆属此列。

请读者诸君鉴之！

政 事

以包容心对待“异质思维”

人民日报评论部

同样看待一件商品价格，有人显得很“淡定”，有人表示“鸭梨”很大；同样面对一桩刑事案件，有人焦虑等待“正义到来”，有人则在寻找“程序瑕疵”；同样衡量一项改革措施，有人双手赞成，有人却提出质疑……今天的中国社会，正处在一个思想和文化多元、多样、多变的时代。

这无疑是一个历史性变化。从一种声音到百花齐放，从千人一面到丰富多元，反映出思想的极大解放，也体现着中国的前进方位：在改革深水区和攻坚期，不同利益的调整与博弈，自然带来不同诉求的表达；随着开放扩大和全球化深入，传统与现代、国外与本土，不同价值观念也必然产生碰撞交锋。

多元表达难免会有“异质思维”，甚至给人“鸡同鸭讲”的感觉。在这一过程中，我们欣赏理性平和讨论，期待闻过则喜的态度，但也不无遗憾地看到，一些人在讨论中容不下异见，相互对骂、攻讦，动辄给对方扣上吓人的帽子，用意气之争代替真理追求；一些人对待批评建言，非但不虚心听取，反而搞起了“诽谤定罪”，甚至以权力意志压制不同声音。

鲁迅先生说过，辱骂和恐吓绝不是战斗。思想观念的价值，在竞争中才会彰显，在实践中才能检验。“我不同意你的看法，但我誓死捍卫你说话的权利”，这是一种胸怀，更是一种自信。那种扣帽子、抓辫子的辩论方式，“不同即敌对”的思维模式，本质上都是狭隘虚弱的表现，无助于社会和谐的构建、健康心态的形成。

在这个意义上，以包容心对待“异质思维”，在对话中协调立场，在交流中化解矛盾，我们才能最大限度地形成共识，推动思想观念的进步。相对于普通民众，手握权力的执政者尤其需要这种“包容”。如果说前者的狭隘只是语言暴力，后者的狭隘则可能带来真实伤害，比如“彭水诗案”、“灵宝帖案”；如果说前者的包容体现的是素质修养，后者的包容不仅是一种“雅量”，更是执政为民的需要、法治社会的要求。

“因为我们是为人民服务的，所以，我们如果有缺点，就不怕别人批评指出。”批评或许有对有错，甚至不乏各种偏激声音，但只要出于善意，没有违犯法律法规，没有损害公序良俗，就应该以包容的心态对待，而不能主观地归之为“对着干”。相反却应看到，在一个多元社会，尊重不同的声音和意见，既是尊重公民的表达权，也是纾解社会焦虑、疏导矛盾冲突的必然要求。

大智兴邦，不过集众思。其实，不同声音乃至反对的意见，还是提高执政水平的重要资源。所谓“听不到不同意见不决策”，只有允许不同声音存在，才能了解掌握各方面情况，作出理性判断和正确决策。所以毛泽东同志认为“让人讲话，天不会塌下来”，所以邓小平才说“七嘴八舌并不可怕，最可怕的是鸦雀无声”，所以中央领导才反复强调“创造条件让人民批评监督政府”。

多元乃繁荣之奥秘。一个社会越是向前发展，就越需要多样的个性表达，越需要整合各种意见形成统一意志的能力。以包容心对待不同声音，在“存异”中“求同”，我们的社会就不会成为“一袋各不相干的马铃薯”，并在思想的交流碰撞中不断凝聚、升华。

（2011年4月28日《人民日报》）

倾听那些“沉没的声音”

人民日报评论部

在今天的中国，能听到各种声音。两会会场中代表、委员纵论国是，报纸杂志上不同思想交流探讨，新闻评论跟帖动辄上千条，近2亿网民随时写下140字微博……条条声轨，汇成合奏，呈现这个时代多元多样的复杂图景和蓬勃活力。

我们迎来了表达的“黄金时代”，但仍有许多声音未被倾听。一方面，有些声音被淹没在强大的声场之中，难以浮出水面；另一方面，也有些声音只是“说也白说”，意愿虽表达，问题未解决。这些，都可谓无效表达，有人称之为“沉没的声音”。

无效的表达，不是没有表达，更不是不愿表达。广州市领导公开接访，市民带上铺盖卷、排队3天，就是为了能跟领导“说上话”；首位农民工全国人大代表胡小燕公开自己手机号，却因每天上千个电话、上千条短信被迫关机。那些为网络关注、被媒体聚焦的热点事件，只是“冰山的一角”，海面之下这些体量更大的冰块，才是让冰尖浮出水面的庞大基石，也才是决定社会心态的“潜意识”、“核心层”。

在一定程度上，表达上的弱势群体，也是现实中的弱势群体。在社会层面，他们既缺乏影响公共舆论的资源，又鲜有参与政府决策的渠道，甚至无法得到与自身密切相关的信息，表达和追求自己利益的能力同样薄弱。因此，尽管可能人数不少，他们的声音却很难在社会中听到。

听见与被人听见，本是“社会人”的基本诉求；说话与听人说话，更是现代文明的基本共识。当表达权已成为一项基本的政治权利，重视这些声音，是协调利益关系、理顺社会心态的起点。在一个有着13亿人口、正经历着急剧社会转型的国家，广大群众的声音被聆听、被重视，尤为重要。

大部分沉没的声音背后，都有未被满足的诉求，都有被压抑、待纾解的情绪。儿子车祸致残，云南父亲欲法院“自爆”走上极端维权之路；幼女身患绝症，湖北母亲参与“跪行救女”网络炒作……让舆论哗然的事件，都肇始于被忽视的声音。不可倾诉、不被倾听、不能解决，如果不主动“打捞”，太多声音沉没，难免会淤塞社会心态，导致矛盾激化。

发出声音，是主张利益的基础。有利益的表达才有相对的利益均衡，有相对的利益均衡才有长久的社会稳定。事实表明，诸多矛盾冲突事件背后，往往是利益表达机制的缺失。从这个角度看，维权就是维稳，维权才能维稳。尽可能多地倾听社会各方面的声音，兑现社会公众的表达权，对于维稳大有好处。

在众声喧哗中，尽可能打捞那些沉没的声音，是社会管理者应尽之责。以政府之力，维护弱势人群的表达权，使他们的利益能够通过制度化规范化渠道正常表达，这是共建共享的应有之义，是构建和谐社会的关键所在。只有这样，才能让“说话”、“发声”不仅是表达诉求的基本手段，更成为培育健康社会心态的重要环节，成为社会长治久安的坚实基础。

（2011年5月26日《人民日报》）

警惕政府“无形资产”流失

人民日报评论部

相对于经济发展成就、社会财富积累等“有形资产”，公信力属于“无形资产”。如同有形资产的建树需要集腋成裘，无形资产的聚集也靠点滴积攒。不同的是，政府“无形资产”的流失，却要容易得多、迅速得多。在近年来诸多社会关注的热点事件上，各级政府的不同回应，见证了“无形资产”的消长变化。

还记得2009年成都公交大火惨剧发生之后，信息公开的主动、及时，不仅消解了种种疑问、猜想，也使公众和政府“站在一起”去共同面对。而最近的深圳大运会，面对公众对“禁止农民工集体讨薪”的质疑，住建部门追回禁令并公开道歉，不仅呈现了特区的城市精神，也有效地维护了地方的形象。

每一起突发事件，处理不好会成为损伤政府公信的消极因素，应对得当则可能是增加政府公信的契机。如果事情出现后不是衔恨披露信息者“瞎捅娄子”，而是尽力促成政府与民众的顺畅互动，事态激化后不是推卸责任，而是着力解决实际存在的问题，那么，我们就会看到化危为机的“双赢局面”——政府提升了公共管理的水平与公信力，百姓实现了正当的诉求和利益的公平。

我们有的干部，常误以为虚心听取批评、积极回应质疑，就会失了身份、丢了面子，甚至会削弱权威、消减威信。实际上，任何人都不可能永远正确，任何治理也不可能万无一失，出现批评质疑并不可怕，可怕的是面对矛盾拖延塞责，一错再错。一些突发事件发生发酵的路线图表明，回应失当、进退失据，才是公信受损的症结所在，也才会陷入动辄得咎的“信任困境”：做好事和做坏事一样会受到批评，说真话和说假话一样会被质疑。

在社会转型期矛盾凸显期，我们应充分理解治国理政的各种艰难，了解地方政府承担的发展责任，体会广大领导干部面临的现实挑战。但越是这种时候，就越需恪守我们党为人民服务的政党宗旨，越需增强科学发展的执政理念，越需坚定对人心向背的清醒认识：政府公信的“无形资产”，远比经济成就等“有形资产”更为重要。不能让一些地方建起了气派摩登的高楼大厦，却在违规的强拆中离散了人心；构建了四通八达的现代交通，却因工程腐败蚕食了信任；创造了引以为傲的GDP，却让子孙在不断蔓延的污染中承受痛楚。一边建树“有形政绩”，一边流失“无形资产”，这样的发展，这样的行为，怎能不降低“信任指数”？

人民信任方可载舟。纵观90年风雨历程，我们党之所以由小到大、由弱到强，走向全国执政，正是因为“为全中国人民谋利益”始终是我们党不变的信念和不懈的追求。这就是为什么中央一再告诫党政干部要“权为民所用、情为民所系、利为民所谋”，当前又特别提出新形势下必须“加强和改进群众工作”、“加强和创新社会管理”。群众利益高于一切，维护群众利益，政府才能赢得人民信任，才能获得奋发作为的价值保障。

民心是最根本的执政资源。真诚回应社会关切，积极提振政府公信，自觉维护“无形资产”，是每个党政干部的政治责任。只要从这个高度去认识并身体力行，就能赢得人民群众的支持，同心协力推进国家的现代化建设。

（2011年6月9日《人民日报》）

走向官民共治的社会治理

俞可平

公民社会在中国正茁壮成长，应当说是越来越引人注目，越来越重要了。去年我们发起的首届“中国社会创新奖”，总共有160多个民间组织申请我们的奖项，许多项目做得非常出色，对国家和公民意义都很大。对公民社会的研究，也越来越深入，说明不仅中国的公民社会已经形成一股巨大的力量，而且研究公民社会的学者也形成了一种气候和力量。

这也说明一个道理：任何事物只要符合社会发展规律，符合社会进步的要求，就会像雨后的春笋一样，不但阻挡不了，而且使人赏心悦目。2007年，我专门就公民社会与和谐社会这个主题发表过一个很长的访谈，对公民社会与和谐社会的内在联系及重要意义，作了较为全面的论述。集中到一点就是，没有一个健康的公民社会，就不可能有真正的和谐社会。由于那个访谈已经发表，而且收入了我的访谈录中，我不想重复，这里我想谈谈“中国公民社会的现状与未来”。

改革开放30多年来，中国社会的结构分化大体定型：以政府官员为代表、以政府组织为基础的国家系统，以企业主为代表、以企业组织为基础的市场系统，以公民为代表、以社会组织或民间组织为基础的公民社会系统。改革开放后，首先分化的是政治国家与市民社会（经济社会），其突破口是政企分开。大约从20世纪90年代开始，大量的民间组织和民办非企业单位产生，一个相对独立的公民社会开始产生，国家与社会开始适度分离。

目前，正式登记的社会组织45万，备案的社区组织25万，实际存在的300万左右。年均增长率在8%—10%。这些民间组织几乎覆盖了社会的各个方面：科技、教育、文化、卫生、劳动、民政、体育、环保、法律、慈善等公益领域及中介、工商服务，初步形成体系。仅6万多个行业协会就联系企业会员2000多万，4万多个学术团体联系专家学者500多万，专业协会联系1000多万家。

各类社会组织的经济实力也开始显著增强。据统计，到去年为止，社会组织拥有固定资产1089亿元，年收入约1247亿元。这只是大致的一个统计，实际上应当远远大于这个数字。

中国的民间组织开始走向国际，这是近年来一个引人注目的发展。到目前为止，全国性社团已经在122个国际组织中担任领导职务，在92个国际组织中担任理事。

作为公民社会的基础，各类社会组织或民间组织在经济生活、政治生活和文化生活中正在发挥日益重要的作用。

在经济生活方面，社会组织通过积极参与各类经济活动，推动经济合作，促进经济发展；通过提供就业机会，扩大就业渠道。各类社会组织中的从业人员正在迅速增加，目前已有专职人员540万人，兼职人员500多万人，注册志愿者2500多万人。许多经济类社会组织和行业组织，还在规范行业行为、维护市场秩序中发挥了不可替代的作用。

在政治方面，社会组织是公民参与的重要渠道，是推进基层的重要动力。民间组织也是沟通政府与公民的桥梁，有利于增强官民之间的互信。社会组织对各级政府的决策正在产生日益重要的影响，有力地推动着政府决策的科学化民主化。近年来，许多地方的社会组织开始承担部分政府的公共服务，为提升公共服务的质量作出了贡献。

在公益方面，各类社会组织一直承担着扶贫济困、促进慈善事业的重任。汶川地震后，政府对社会组织的作用有了新的认识，社会组织在社会救助方面开始与政府有了实质性的合作。社会组织的公益作用还特别地体现在保护生态、改善环境和维护社会治安、促进社会和谐方面。

在文化方面，社会组织有助于塑造民间规范，维护社会团结；特别是在丰富人民群众的文化生活方面，社会组织的作用非常突出。例如，社区居民的文化体育活动，许多都是由社区的居民社团发起组织的，它们对于提升社会的文明风气，作出了重要的贡献。

全社会对民间组织的认识发生根本性转变，开始从原先的否定和怀疑为主，转变为以肯定和支持为主，但各种偏见仍然严重存在，特别是把社会组织设想为政府的天然对手。社会组织的相关制度环境开始得到改善，特别是一些地方性法规有了实质性的改进。例如，在有些地方，基层公益性的社会组织已经开始试行备案制度。但是，中国公民社会的制度环境从整体上说，还是制约大于鼓励，重要的法律法规也尚不完备。

党和政府对社会组织已经开始从原来的管制为主，转向培育和鼓励为主。这次《十二五经济社会发展规划纲要》中，首次以突出的位置正式提出要“加强社会组织建设”。这是一个实质性的转变。伴随着这一重大转向，对公民社会的资源供给明显得到改善，政府资助、服务转包和社会资助开始增加，不过从总体上说资源供给还相当不足。

公民社会的自身建设明显改进，公民素质总体在提高，尤其是公民意识明显增强。社会组织的人才、机制、管理、经费都远胜过去。但中国公民社会自身的问题仍然很多，社会组织的自律不够、人才缺乏、行政本位等仍然存在。

全社会要改变对公民社会的认识，转变对公民社会的态度，特别是各级党政官员应当对公民社会的战略意义有深刻的认识，从而采取积极鼓励和合作支持的态度。党和政府要进一步完善法规，依法对社会组织进行管理；要加快放松对社会组织的管制，更多地给予培育和扶持。各级政府应当广泛吸收社会组织参与公共政策的制定，特别是积极发挥社会组织在社会管理创新中的重要作用，鼓励它们承担更多的公共服务，努力营造官民共治的社会治理格局。

（2011年5月8日《南方都市报》）

要有活力，须放手建立大社会

戴志勇

社会缺乏活力，才要激发其活力；社会要免于矛盾丛生，就需要格外强调和谐。2011年2月19日，在省部级主要领导干部社会管理及其创新专题研讨班上，胡锦涛连用三个“最大限度”，显示了中央对此问题的高度重视。

社会本不会缺乏活力，倘若处处管制，便也失去了活力。恰如个人从不缺乏为了谋取美好生活勤奋工作的内在激情，只要不是“宁要社会主义的草，不要资本主义的苗”，活力便会天然迸发，成就物质财富的井喷。

释放个人的活力，已经用了30多年。背后，是种田或务工的自由、在街头摆摊或自办公司的自由，是财产权、国民在自己国土上的自由迁徙权。一句话，过度的权力日渐松手，公正的法律挺身上位，得失相符的激励机制就会慢慢建立，生而自由的个人，便会从各个方向充分释放自己的潜能。

人生而成群，除非是故意阻断，社会的形成，本是一个自然生长的过程。不用激发，为适应大市场，农民自会结成自己的组织；为与大资本博弈，工人自会结成自己的社团；为协调利益有序竞争，商人自会结成商会；为“诗意地栖居”，小区业主也会形成自己的业委会。更不要说，有志于环境、慈善与扶贫的会成立各种NGO，有各种爱好的聚合为万千“协会”了。如此，一个由千种“社”、万样“会”组成的“社会”，就会日渐成形、丰满，而个人则根据自己的利益与兴趣，选择加入，为之贡献，从中获益。

由此，个人不再是原子式的燕雀，而是长了翅膀、有了凭借的鲲鹏。燕雀一飞三尺，鲲鹏击水九万里。一个深厚宽广的社会，就是个人的翅膀与凭借。个人有活力，必会要求一个有活力的社会。一个社会有活力，就将有更多原本势单力薄的个人成长为“绿巨人”。个人活力、社会活力与国家活力三者兼备，站在国家强盛的角度，这岂非也是国家大幸？

在中国，只有生长出了这样一个“大社会”，被拐的儿童才有更大机会回家，沉默的农民才不会被强制“集中上楼”，跳楼、开胸验肺的工人才会日渐稀少，想“强拆出一个新中国”的官员，才会掂量什么叫底线伦理，面壁反思什么是基本人权。只有这样，才能达成“最大限度增加和谐因素，最大限度减少不和谐因素”的客观效果。道理其实很简单。官僚体系的力量过于强大，权力的滥用便难以避免。公权力最终要让一个个具体的行政部门与行政人员去执行，若无公民力量监督和制约，这样的权力用在市场上，便可以通过控制各种要素、准入制来扭曲市场；用在财政上，可能使富者更富，贫者更穷；它甚至还可能越界用在司法上，让社会的最终裁决机制归于失效，使人心失却最后的希望，而致矛盾迭出，乱象丛生。而这，将使有司为平息事端四处布兵，八方救火，造成人力物力的巨大浪费不说，还可能使政府备受质疑，绝非主政者所乐见。

何以解忧？放手建立一个大社会，是最现实最有力量的途径。民患寡，更患不公。自由创造财富，公正分割财富。公正的依据，要靠良法；公正的落地，却要靠理性的博弈。原子式的个人，永远不可能与滥权者进行理性博弈，只能要么屈从于潜规则，要么让事情趋于极端，再舍命相搏。

要创新社会管理体制，最根本的一条，便是避免滥权，宽严有序，最大限度地激活社会活力，最大限度地追求社会公正。

（2011年2月25日《南方周末》）

破解“政绩共同体”的行为逻辑

于建嵘

政绩共同体不同于一般的利益共同体，它更多地体现在上下级之间。

逻辑之一：利益彼此共容

如果一个地方或国家的权力比较集中，地方官员的权力来源是自上而下的赋权，而不是自下而上的授权，那么，在政府科层结构中，下级受上级的领导，下级对上级负责，他们的各种行为就往往以迎合上司的意志和偏好为主要特征。

由于下级官员的政绩是上级官员政绩的重要组成部分，因此，下级官员拼命搞政绩，在某种意义上，是讨好上级官员的一种明确的表示和努力。在一个相对封闭的政治体系内，大家通过往上报政绩来进行政治沟通和行政传递：乡镇干部报政绩给县委书记，县委书记再往上级报政绩。这样，上级官员就会对下级官员的某些违法乱纪行为表示理解，甚至在一定程度上予以纵容。下级官员只要能恰当拿捏并掌握平衡，就会获得丰厚的物质奖励和政治回报，从而得到快速提拔。

共同体的上下级之间在利害关系上，是一荣俱荣。因为在政治问责制的威胁下，一旦下级出了问题，往往会牵扯出上级的连带责任，导致上级领导受到行政处分，甚至丢官罢职。这样，在官员的评价体系中，最受欢迎的往往不是最具责任感和具有革新精神的官员，而是惹事最少的官员。上级领导不怕下级没成绩，就怕下级出事惹麻烦。这促使他们循规蹈矩，墨守成规，不求有功，但求无过。一旦下级出了事，上级比下级更加焦虑不安，总是千方百计地遮掩或不遗余力地摆平，以求息事宁人。为了维护共同体的利益，他们在一些重大事项上，往往事先进行协调沟通，弥合异见，达成一致，对外统一口径，利用各种可能的途径封锁信息，甚至采取暴力手段打压。

这种政绩共同体背后虽是利益纠葛，但这种利益比直接的经济利益要隐蔽，所以上级更容易出面为下级开脱，下级也就更显得理直气壮。

政绩共同体最大的特点是：上级官员可以明确知道自己的利益是什么，可以说，下级官员取得的所有政绩都可以成为自己的；为了政绩，哪怕是违规甚至犯法行为都可以用漂亮的理由包装，抬到桌面上来，作为经验在更多的地方推广。因此，为了共同的政绩，官员们常常互相合谋，甚至不惜破坏民主法制，侵犯公民合法权益。

逻辑之二：信息不对称，下级糊弄上级

由于下级官员的前途和命运完全掌握在上级官员的手中，下级必须对上级言听计从，唯命是从，甚至糊弄领导。在这种情况下，他们很难脚踏实地地做些实际工作，往往只做些表面文章，不能真正为老百姓解决实际困难。

部分官员弄虚作假，阳奉阴违，是导致社会价值取向倾斜、是非标准混淆、政府诚信缺失的根源。当上级领导来进行专项检查时，他们会组成精干的接待班子，搜信息、动脑子、做方案、抓落实，竭力做到汇报有“闪光点”，让上级听好，参观有“亮点”，使上级看好，吃喝玩乐有“特点”，把上级的嘴堵好。

对于上级的视察和考核目的，下级早就心知肚明，因此根本不可能针对现实问题，提出切实的解决方案。面对上级领导的考核或询问，下级往往小心谨慎，遮遮掩掩，避重就轻，言不由衷，欺上瞒下，不说实情，不讲真话，归根结底还是利益牵扯太多，不敢讲真话。说真话越来越难，是强势政绩共同体的衍生物，它所折射的是领导干部工作作风的浮华不实，严重地造成了制度运作的畸形状态。

如果政府官员实行异地任职，任期有一定限制，为了得到快速的提拔，他们往往希望在自己任内干出成绩，为此不惜追求一些虚假政绩，搞一些形象工程，最后的结果是劳民伤财，给下一任留下一个烂摊子。

逻辑之三：利益冲突有限度

尽管共同体的内部保持一团和气，维持着表面上的团结和一致，但其内部却有深刻的利益纠葛。

上级往往会偏袒与自己直接利益相关的下级，下级因为有上级的默许，行为会更加肆无忌惮，这就会造成官员内部评价体系的不公。加上官商勾结和权力寻租，在利益的分配上，会出现非常不均衡的现象，从而激化政府机构内部的矛盾。

政绩共同体为了各自的利益，形成了灰色的交易链条，成为政治腐败的主要源头。这也表现在一旦某名高官落马，往往牵扯出与之相关的众多其他官员贪污腐败的案件，导致一批官员下台。在政绩共同体的潜规则里面，每当一个新的领导人上台后，他就会对领导班子进行大的调整，在主要职务上安插自己的亲信。现代官场中“站队风”盛行，跟对人就会平步青云。所谓“一朝天子一朝臣”的制度弊病，依然在现代政治中延续。

在官本位体制下，上级想保住自己的官位，多为自己脸上贴金，下级则野心勃勃，试图通过捷径迅速上位。上下级在权力的分享和利益的争夺之间发生关系，一方面，两者谋求双赢局面；另一方面，两者之间的冲突使其合作存在裂痕，难以持久。

利益是永恒的关系链接物，如果不把上下级之间的利益连带关系打破，政绩共同体就不可能瓦解。纪检、政法部门受到地方党政主要领导的遥控，监督很难到位，欲望只能肆意膨胀。

更重要的是，“官官相护”作为官场准则，在长期的历史发展中，形成了巨大的惯性能量。只要政绩共同体不消失，各级政府和官员注定会在许多影响各自切身利益的事情上，遮短护丑，隐忧藏险，从而大事化小，小事化了，最后落个你好我好大家好，皆大欢喜的局面。人性本身所具有的趋利避害的本能，促使他们规避政治风险，相互之间为了共同利益而进行袒护，这是造成制度发展凝固和滞后的根源。

破解之策：权为民所授

布坎南在讨论“政府失灵”问题时，提出了“内部性”的解释框架，即政府及官员追求自身利益而非公共利益或社会福利的现象，或者说用组织利益和个人利益代替公共利益。“政绩共同体”正是地方政府官员追求组织利益最大化而形成的攻守同盟。这个问题形成的主要原因在于信息不对称，公众很难对其进行有效的监督。要破解政绩共同体这一制度难题，首先要保障公民具有知情权，从而获取政府运行的基本信息。

民主的政府，由于各种力量的相对均衡而达成妥协。而且，政府一旦成立，就会产生独立的利益。如果不认识到这一点，就不能理解公权力的自利行为。我们的努力，就是要使具有自利性的政府权力受到制约。这需要力量。

为此，破解各级政府官员之间政绩共同体的治本之策在于，稳步推进政治体制改革，做到权由民所授，权由民所察，权由民所用，让各级政府和官员的执政行为，由对上级负责转变为对百姓负责，让老百姓决定政府官员的进退去留，从而确保各级官员的执政行为，由对上级负责转变为对百姓负责，实现民主执政，依法执政。

（2011年2月21日《南方周末》）

法　治

法治是开启幸福之门的钥匙

十年砍柴

幸福是什么？幸福又在哪里？这是一个宏大的哲学命题，但同时，它又是和每个人生活息息相关的俗问题和小问题，一千个人可能有一千个答案。

上世纪80年代有一首很流行的歌唱道：“他不在柳荫下，也不在温室里，他在辛勤的工作中，他在艰苦的劳动里。”词作者用诗化的语言来诠释“劳动最幸福”这类官方意识形态，当然有一些道理。但诗歌是重想象而轻逻辑的，假若有人追问一句：一个人辛勤地劳动，雇主却只给他微薄的薪水，甚至年终连这份薪水也不能足额得到；他到劳动仲裁部门或法院寻求救济，不但成本高昂而且可能讨不到公道，不得已以声言跳楼希望引起关注却被人斥之为“跳楼秀”……这个人还会觉得幸福吗？那么，一个人有钱就是有幸福感的吗？也未必。

这不是假设，而是今天中国社会中活生生的现实。央视财经频道《中国财经报道》栏目主办的“CCTV2010经济生活大调查”的主办方透露，在八万余份有效问卷中，44.7%的人感到生活幸福及很幸福，而感到自己不幸福和很不幸福的达到11.1%。在2009年幸福感调查中，经济欠发达的西藏排在第一。

或许有人会质疑央视该项目组调查取样方法是否科学、调查结果是否公允，但西藏居民的幸福感居前并不值得惊讶。内地一些游客去西藏等地旅游，会有这样一种观感：一些生活水平看起来远不如内地发达都市居民的藏族同胞，笑得那样的灿烂，生活的态度是那样的闲适，看起来比为名利奔忙的大都市居民幸福得多。而幸福感最强的不丹——这个紧邻中国西藏的小国，经济也并不发达。因此可说，一个人的幸福感或者一个人群的幸福指数，是由经济的、社会环境的乃至文化宗教等诸多因素综合决定的。而在当下中国，法治状况如何，我以为是诸多因素中最值得执政者重视的核心指标。

日前中共中央政治局委员、广东省委书记汪洋在参加省委十届八次全会小组讨论时说：人们的幸福感之所以没有随着物质生活水平的提高而同步提升，一个重要的因素就是法治建设还不能完全适应经济社会发展。法治广东是幸福广东的重要保障，是广东经济社会发展的重要支撑，是广东软实力和竞争力的重要组成部分。

经过改革开放30多年，中国基本上解决了温饱问题，对整个社会的管理必然要超过“饥者易为食”的低层次水平。如果在改革开放之初，有一些当政者理解不了公众“拿起筷子吃肉，放下筷子骂娘”的现象情有可原，那么到今天，就应该理解公众的需求决不仅仅满足于“吃肉”，而是要获得安全感，要感觉到活着的尊严。要使大多数人这些更高的需求得到满足，那么整个社会必须实现真正的法治化。

如果整个社会的公权力得不到有效的遏止，它必然会时不时张开血盆大口，吞噬公民的合法权益。当一个公民的私权利得不到法律保障，他的房屋可能一夜间被城管强拆时，当一个勤劳而聪明的企业主合法经营还不如去巴结官员更容易致富时，当公开批评地方政府官员的公民很可能被跨省追捕时，有多少人会有安全感呢？法律不能平等地对待每一个公民时，又有多少人能有一种尊严感？如此，即便衣食无忧甚至是身家不菲，又能有什么幸福感呢？去年年底的一则新闻报道显示，五成以上的党政干部、公司白领和知识分子认为自己是“弱势群体”。这种“弱势”感显然不是主要由经济收入和生活水准决定的，而是安全感的缺失和受尊重感的不足决定的。假若由权力说了算而不是由法律说了算，处在权力链条中的人可以对其下属不讲理，反过来他的上司可以随意对他不讲理。要靠丧失尊严获得利益的人，即使利益到手也难说他得到了幸福——这世上喜欢跪着讨饭吃的人毕竟是少数。

广东是中国改革开放的前沿，30多年来，在广东这块土地上中国人创造了大量的财富，同时也由于利益的多元化、社会急剧转型以及一些制度层面改革的滞后，也积累了许多亟待解决的矛盾，穷人心存愤懑，富人患得患失，并非个别现象。解决这一关键问题，法治几乎是必选项和首选项，否则，通过某些公权力更加强势而漠视个人权利的运动式手段，得到的“幸福感”只可能是虚幻的麻醉剂。“法治广东是幸福广东的重要保障”之说，是真正找到了开启幸福之门的钥匙。广东的许多问题，在全国都具有前瞻性，但愿法治增进公民幸福感在广东成为现实，如此，必将如广东在经济上改革开放先行一步那样，足资全国借鉴。

（2011年1月13日《南方周末》）

独立参选的本质

王　琳

江西新余“独立参选人”刘萍参选最后遇阻，出师不利，这一结局让很多对独立参选有所期待的人失望。但换个角度来说，这是公民遵循法治参与政治的必要过程。对于缺乏民主传承的国人来说，民主需要训练；对于未来中国来说，民主本身亦是一个训练过程。不管怎么说，独立参选迈出了步子。正如刘萍所说：“无论结果如何，我都胜了。”

这些年来，公民权利日益勃兴，公民社会被广泛认同。而与“公民”同等重要的“选民”，却在很大程度上被忽略了。公民刘萍则以其行动鲜活地诠释了“选民”精神。

刘萍的参选经历不仅给我们开启了公民参与政治的示范，也让我们看到了独立参选的现实困难。

对于当地选举办公室官员称她的推荐人不符合法定人数，倒不妨看作一个好的信号——民主是法制的前提，法制是民主的保障。官员愿意讲法，正中公民下怀。

在诸多社会冲突中，我们经常看到的场景是：维权的公民手持宪法和法律，而官员则以上级指示为抗辩。“黑头（法律）不如红头（文件），红头不如口头（领导意志）”，这一潜规则常令公民维权举步维艰。

官方愿意依法行事，这就有了化解冲突的共同基础。公权力为法所治，也正是法治的要义所在。

尽管在刘萍推荐人数的具体事实上，双方仍有分歧，但这一事件给所有的独立参选人提了一个醒，即在递交选民推荐材料时，一定要核实推荐人及其数额是否合乎法律要求（比如推荐人是否属于本选区）。法律规定的形式要件具有客观性，较易判断，因为不符合法律要求的形式要件而被剥夺资格，太过可惜。

2010年8月，杭州下城区几位市民曾发起了一次有64人联名的罢免人大代表案。经下城区人大常委会审查后，给出的回复是：罢免申请的提出者并非本选区选民，且联合署名的64人中属于本选区的公民未达到法律规定的最低要求50人。此事的一个启示是，公民参政亟须社会支持，尤其是需要法律支持。

刘萍参选的整个过程中，以于建嵘教授为代表的一些微博达人，在网上发起了“愿为刘萍助选”的呼吁。这些网上助选行动，对于参选者的精神鼓励无疑是巨大的。但对于正在学步阶段的公民独立参选，这还不够。

以刘萍独立参选和杭州罢免案为例，若有通晓选举程序的律师把关，这些可贵的公民行动至少不会输在形式要件上。

当然，公民的政治参与屡屡受挫，并不仅仅是因为法律规定的形式要件缺失，也在于一些基层党政领导害怕民主，甚至担心非其认可的“代表”会不好“掌控”。由于不知何来的对独立参选人的恐惧心理，即便独立参选人走完了所有的法律程序，也合乎所有的形式要件，有关方面仍会提出种种理由，阻碍公民政治权利的实现，以至于出现“你和他讲民主，他和你讲法律；你和他讲法律，他和你讲政治；你和他讲政治，他和你讲流氓”。

新余方面指责刘萍“不具备人大代表候选人的资格条件”，便与此相类，其理由是刘萍曾多次“鼓动或参与非正常上访”，言下之意，刘萍上访违法，因此不具备人大代表候选人的资格。

这种将上访视同违法，将上访权与被选举权对立起来的思维，存在着明显的逻辑断裂。上访权可归属于公民的“控告、申诉权”，属于宪法性权利，且为国务院《信访条例》所明确保护。作为权利的上访，何来“非正常”之说？倒是新余市袁河公安分局以上访为由将刘萍拘留十日，涉嫌滥用职权。

更何况，依宪法和选举法的规定，只要中华人民共和国年满18周岁的公民，不分民族、种族、性别、职业、家庭出身、宗教信仰、教育程度、财产状况和居住期限，都有选举权和被选举权。除非当事人因触犯刑律，已被剥夺政治权利。在看守所或监狱，亦会为在押人员特别举行选举程序，帮助在押人员实现其政治权利。

刘萍作为本选区公民，并未触犯刑律，选举办公室岂能凭着对上访的歪曲理解，而剥夺一位公民的政治权利？这才是公开的违法。

其实，公民之所以上访，很大程度上缘于当地缺乏可疏通的管道。包括独立参选的公民政治参与，恰可弥补地方政府在救济途径和疏通管道上的缺陷。多次带头维权的刘萍，有参与政治、维护权益、捍卫法律的热情与勇气，这是作为一个人大代表最基本的要求。地方官员应该乐见并呵护这种公民参政的热情。

相信一个经历了上访的人大代表，在疏导上访、传递民情、反馈民意上，有着官员代表所无法替代的优势。

这才是更长远的维稳之策。理顺这种关系，更是官员民主训练必不可少的一部分。

（2011年5月22日《财经》杂志）

公共事件中的中国律师角色

陈有西

我笔下这篇文字变成铅字时，律师李庄正好步出重庆的监狱，重新开始呼吸自由的空气。此时此刻，当我想起两个月前那场惊心动魄的李庄案第二季庭审之辩时，忍不住仍然热泪盈眶。

我们组织的那场法治战役，没有辜负广大人民的期望。感谢斯伟江、杨学林两位出庭律师，感谢全体辩护律师顾问团的专家和律师。

我现在还清晰记得，李庄案撤诉那天，4月22日清晨，我从上海办公室驾车回杭州，车过嘉兴，顾问团成员张青松律师从北京来电，他说控方撤诉了。他告诉我是大哭一场后才给我来电的。我一边驾车一边流泪，不去管不断响起的手机来电。我们是为法治中国而哭。

其实更要感谢的是重庆的一些良知未泯的法律人。法院和检察院最后守住了中国法治的底线。检察院在审查起诉时就去掉了一个合同诈骗的罪名。法院听取了法庭调查和法庭辩论后，他们发出了中国法官应有的正义的声音。

中国律师制度恢复30年，律师已经成了社会关注度愈来愈高的一个群体。李庄案终于峰回路转，成为对律师制度恢复最好的纪念，这也是法治中国的胜利。

公共事件中律师为什么广受关注

对当前社会的一些热点问题解读，过去是官员、官媒，后来是专家学者，现在是律师。所有的社会热点问题出现，公众都想倾听律师怎么说。官员往往言不由衷，没有真相；记者只负责揭示真相而无法解读法理；学者只能解说法理而无法了解现场，徒说难行。而律师兼备法律理解和法律实务两个领域，他谈出观点，往往能够付诸行动，能言也能行。由于天天在处理法律实务，对中国司法现状和社会现实有切身感受，一般人无法见到的内幕也能够调查了解。这是其他公共事件参与人，如学者、记者都无法替代的。

正因为如此，中国律师正在成为公私权冲突的前沿地带的活跃力量，也成了一个危险性相对较高的行业。黑幕的揭露者和维权的实际行动者，往往都是律师，他成了专制弄权者和地方恶势力最害怕的一支力量。

不仅如此，律师还是法律共同体中的民权力量。法官、检察官、律师、警察、法学教授等法律共同体各类成员中，只有律师是不拿国家财政工资，不向公权力要好处，靠自己的法律服务养活自己的群体。只有这种法律人是站在民权一方，同公共权力进行抗衡，制约公权、保护民权的一种力量。

律师的这种公共参与，又不同于其他的社会力量。他是一个理性的法治的力量。因为律师手中没有权力，没有金钱，没有垄断可以依靠，他有的只是已经公布的国家成文法律，以及他自己的法律知识。他只有依靠法律为别人服务，依靠法律去挑战（某些）公权的违法和无序，依靠法律实现自己的公平正义的理念，依靠法律来实现自己利益（这个利益不仅是经济概念的）最大化。因此，律师是天生的最讲法治的一支力量。他依据法而生存，依据法而强大，依据法而发展。他是国家法治的守护者。除去法律，律师将一无所有。

社会各种力量中，律师往往最关注公共事件，而且很快能够将公共事件纳入法律规范进行解读。由于中国20多年的普法，全体国民也已经养成了一种法律思维，已经习惯将法律作为一种是非判断的坐标，而不再迷信权力和报纸。他们会将公共事件用现有法律去对照，用法律规范去解读，自己理解不了就去问律师。因为律师才会站在民权的一方去解释和理解。而律师的解读不代表官方，没有权力的压服，可以探讨，可以不同意，可以有别的律师、学者、记者、网民去反驳、比较他的观点，因此是一种平等的对话。在不断的滚动对话中，真相和真理能够被发现。因此，平民也喜欢听律师的声音。

律师是公权力的天然监督者

律师批评社会，监督公权，是因为他每天在处理社会矛盾，每天在看社会的弊病和社会的不公。在执业中，能够比别人更早地了解真相，了解内幕，了解不平和黑幕。律师能够从不断遇到的现实案例中的冤错，发现法律适用的问题；从大量法律适用中的问题，发现司法解释的问题；从司法解释的问题，追根到法律法条的问题；从法条的问题，追根到立法思想的问题；从立法司法中的问题，追溯到立法思想、国家理念问题。

律师能够从法律实务，思考到法学理论；再从法学理论，回到司法实务中去检验。律师能够见微知著，从个别的案例发现国家管理和社会矛盾中的普遍性的问题，同时在实践中寻找解决之途。不断探索，寻找最好的解决方案。因此，律师参与公共事件，往往不是盲目的，而是有实例和有实际普遍性的意义。

维护国家稳定的思路，是靠高压还是靠疏导？任何高明的政治家，都不难得出结论。但是，我们当前的维稳思路，还是存在一些问题。

当前的维稳存在的最大问题是司法救济不畅。但是，党的执政理念又是执政为民，倾听人民的呼声，要关心民生疾苦。因此，一个奇怪的现象发生了。一方面（存在着）用领导批示干扰司法，鼓励百姓找权力清官；另一方面又把杜绝信访作为一种考核地方政权的责任制要件。于是，上访，截访，跪求，自焚，拦截，安元鼎，办学习班，关访民，被精神病……群众依法救济的路和上访乞求的两条路都被堵死。于是各地不断发生群体性事件，有的罪犯铤而走险，杀小学生，袭警，杀法官，制造爆炸事件。

解决这种过激社会企求的唯一道路，是把群众带回到法庭，用理性的、法律的渠道，合法实现诉求。当司法终局后，全社会都能够服从，官民都敬畏法律。这才是真正的科学的治国之道。

而律师就是把百姓带上理性的法庭的力量。他能消除非理性和暴力，能够把各种诉求用法律梳理清楚，让矛盾有条有理地解决。

这样的社会，律师就会多多益善。官方就会非常喜欢和重视律师。但是我们今天还没有，还不能。这里有一种对政治学原理的无知，另外就是（一些）利益集团已经害怕公开化。他们害怕法庭，害怕公开依法讲理。

当前，“依法办事”正在成为一些地方对抗舆论监督、对抗上级监督的挡箭牌。他们只要以“我们是在依法办事”，就可以将个人的权欲加上法制的外衣，而肆行无忌。“把政治变成案子，他们就是观众”，这种目无法纪的说法，用法律外衣包装真正的人治和私欲的做法，最清楚不过地证明了在一些地方法治已经被扭曲到何种程度。

一个地方如果没有法治的约束，权力如果可以肆无忌惮，那么每一个公民都是没有基本人身安全的。法律是每一个人的保护神，一个文明理性的国家，政治人物必须敬畏法律，收敛自己的行为。而一个健康的社会，必须有把权力关进笼子的机制。

律师维权第二波

现在有一种说法。律师的公共参与，已经进入第二个阶段。

第一阶段的法律人公共参与，像一些法律学者为主的公共知识分子、维权律师，挑战强权，代理一些宗教性案件、民族矛盾案件、网络案件，很多行为往往特立独行，依靠海外的、国际的声音支撑，很难得到官方的理解和认同，已经遭到了强力阻击，有的甚至付出了惨痛的代价，声音已经日渐式微。

而第二阶段是以职业律师为主而进行的依法公共参与。也有的称为商业律师的转向参加。分析说：一些已经解决了自己的生存温饱，已经有了一些名望和事业的成功律师，开始转向对民生疾苦的关注，对国家命运和法治的关注。他们娴熟地运用我们国家已经颁布的成文法体系，步步为营，理性平和，稳扎稳打，用国家法律的现有条文，付诸社会热点事件的适用，让法律的公平正义的精神在现实中实现。他们的行动往往能够得到现有国家司法的支持，能够被公权机构容许，因此已经开始广泛实现功能，用个案促进了国家法治的进步。这个第二阶段正在开始改变和促进中国法治进程。

我很支持这种分析。律师是在野法曹，律师是不在体制内的社会管理参与者。关注公共事件、关注社会民生，是应有之义。

中国律师界现在有两种极端。一种是极少数的维权律师，出于高尚的理想和信念，干预公权、批评现体制，采取的是一种非常激进的方法以及不合作态度。虽然他们往往也是拳拳之心，为了国家的进步、公理的伸张，但是往往得不到官方的理解和容忍，出师未捷身先死，没有实现有功于社会的理想，而牺牲了自己。

另一种，是大批的律师限于事务，不问天下苍生，不顾公平正义的理想，执业只为稻粱谋，纯粹陷于一种商业化谋生的境界。处事明哲保身，向一些不健康的行政强权和司法专横低头，不敢抗争，都在等待，都希望别人去牺牲，自己只等着摘桃子。一方面怨声载道，一方面又从不自己担当。

中国传统知识分子的情怀，是达则兼济天下，穷则独善其身。这在律师这个职业中能够得到充分的体现。这是一个同时能够实现这两个功能的职业。进可匡扶正义，退可养家糊口。社会法治环境良好，法官公正，律师就能够匡扶正义；社会公权扭曲、司法腐败专横，律师就不能发挥匡扶正义的功能，只能是付出劳动赚取报酬，养家糊口谋生。

让更多的中国律师参与公共事件

我前几天在江苏常州演讲时，反复提到一个概念：变革社会中的法律秩序。这个概念是从亨廷顿那篇《变革社会中的政治秩序》中化用。毫无疑问，中国正处于创新社会管理的深度变革中，中国律师必将在这个阶段扮演非常重要的角色。

中国是一艘慢慢前进中的航船，律师首先要防止激进主义打破当前改革进入深水阶段所出现的思想僵持，坚持改良和改革，防止不应付的代价；坚持探讨和对话，防止仇视和对抗。律师首先要善意地理解当前的政治局面，给当政者时间，理解改革的复杂和困难。

我一直认为，当前中国的改革，是具备产生最基本共识条件的。高层领导有执政为民的理念，经济改革有持续三十年成功后的自信，全社会也有对政改滞后综合征反思后的共识，网络科技时代到来，带来了信息公开的局面，社会群体性事件频发也在倒逼维稳思路改变，加上改革三十年后的国民人文基础进步，以及体制内改革力量的上升，这些都成为产生开明政治共识的基础。

总有一天，我们的政治家会明白，加强警察和武警，不如加强国家律师制度建设，进一步发挥律师的作用。用高压方式维稳，不如高度重视国家律师队伍建设（不是控制），依靠律师来梳理社会矛盾，让人民的诉求理性地表达出来。

“三个至上”的理论一直很有争议。其实以我的观察，绝大多数情况下，“三个至上”确实具有一致性。人民利益、党的目标、法律原则，好多案件的价值取向是有一致性的。但是，三者有冲突的案例是实际存在的。这时候，最终标准必须是法治标准，法律至上。这时如果法院只听权力的，就会严重破坏法治；如果只听民情舆论，就会破坏法律的稳定性和法定性。法治是多数人民主之治（不同于个人批示）。法治是事先建章立制之治（不同于事后临定）。法治是衡定的理性之治（不同于运动司法）。作废司法，控制司法，淡化法庭，打压律师，依靠权治，只会把国家带向非理性和混乱。

必须改变观念，鼓励更多的中国律师参与到公共事件中来，而不是靠司法部、司法局、律师协会层层发文件，控制律师不介入这些事件。这样只会让社会矛盾走向非理性解决，只会导致社会上的更多悲剧和混乱。

当你读到这篇文字时，律师李庄已经回到了北京家中，迎来他50岁生日。过去两年间，围绕这位同行身上发生的一切，足以让我们深思。愿李庄的悲剧永不在律师身上重演。

江平先生说，律师兴则国家兴。对于国家来说，法治兴则国家稳。让更多的律师参与社会公共事务，参与梳理社会公共事件，无论对执政党，还是政府、百姓，都是幸事。这是和谐社会建设的必由之路。

（2011年6月15日《南都周刊》）

舆情危机的出路

王　琳

新闻的“失踪”曾经像上访者“被精神病”一样自然，但网络时代，这一格局正在发生改变。平媒时代的舆情危机应对以“拖字诀”为要义，拖到“风声”过去，拖到公众记忆淡忘，就像未曾发生。

但在“人人都有麦克风”的web3.0时代，数据化的图文固定了证据，磁盘部分替代了人脑，便捷的搜索、超链接和海量储存技术，让新闻的“失踪”变得越来越困难。某宗旧闻一有新进展，新闻页面就自动链接了已成“旧闻”的相关报道。

十年前，有学者将网络比喻成“上帝送给中国人的特殊礼物”。十年后回望，此言不虚，网络“集群效应”和“放大效应”的特点，能将平媒时代分散于各处的孤立个体，拉拢到同一个页面、同一个帖子或同一条微博里。

经集群和放大的民意，也改变了官方的舆情反馈机制。为避免网上情绪发酵成网下的行动——实则也是为维护好社会稳定，诸如“黄金四小时”、“速报事实、慎报原因、依法处置”等舆情应对原则不断被提出。

然而以中国之大，不愿与时俱进的官员不乏其人，以“网前时代”的招数来应对网络时代的民意喧嚣，亦不鲜见。2010年11月23日，以涉嫌诽谤罪，将甘肃省图书馆助理馆员王鹏刑拘的宁夏吴忠市警方，面对给力的媒体和网络，许出了一张3万元精神损害赔偿的空头支票，以打发受害人及其律师。而今“风声”已过，3万元变为3000元，网络围观也有审丑疲劳之时。

回顾这些年来，通过网络舆情而引发的官民互动，仍沿袭的是先打动高层领导，再通过自上而下的指示来完成舆情危机应对的路径。这种非法治化的个案正义，也变得越来越奢侈。

法治不是应对，而是公民的生活方式，是官员的工作常态。在法治化的常态社会里，公共信息的披露应该是主动的、及时的、完整的、有效的。而在非法治化的危机社会里，公共信息的披露却是被动的、延迟的、缺失的、部分有效的。当这种披露仅是因为“风声太紧”、网民逼得太急，不得已而为之时，我们就注定要面对网络时代的新闻“失踪”。

于是，在2010年里，出现太多的“未完待续”，但何日再续却没有时间表，这其中有上海静安大火、蒙牛“黑公关”、山西疫苗乱象、奶粉致女婴性早熟事件、“我爸是李刚”事件中蹊跷的和解……这些轰动一时的爆炸性新闻，曾经长时间占据着国内主要媒体的版面。但就在事件发展过程中，新闻悄然“失踪”。

舆情危机大多都在网络媒体与传统媒体的良性互动中生成。缺少了传统媒体的“爆料”，网络围观的威力由此也大大受限。其所遭遇尴尬的实质是，信息公开不是依法而为的常态工作，而是依网络舆情的喧嚣被动为之的特例。表面的“法治”实为“网治”——或为“网治”而为的“个案之治”。这一尴尬的现实在不停地追问：当舆情尚未成为“危机”时，政府何为？

毫不讳言，“信法不如信访，信访不如信网”已是许多人心中的既定事实。而合法制度之内的举报、控告、申诉、起诉、上诉等等，或被冷落，或基本不被寄予希望。

可以预料的是，“舍法求网”还将持续下去。标题会越来越给力，图片会越来越惨烈，事件会越来越离奇，愤懑会越来越无解。相对法治而言，这明明是一条歧路；相对现实而言，这却是当事人手中的“最后一根稻草”。在司法公信不彰、司法权威未立的转型时代，无论是强制要求或是苦口请求，都很难将当事人拉回到既定的法治轨道上来——除非有足够多的经验事实证明，这一轨道既便捷，又有效。

我们无法指责公民对法治的不信仰。之所以要寻求网络舆论的支持，进而打动那些关注网络的传统媒体，并非是为了寻求非法的利益，更多的仍只是追求合法的结果或符合大众心理的司法正义。这种“舍法求法已然超越法治的工具性立场而指向一种真正合格的实质性的法治”（国家保密局长、中国社科院法学所原所长夏勇语）。如果不看到“舍法求网”被广为采纳的社会背景，我们就容易将这些喧嚣的网络舆论当作不值得一听的感性诉求。也正因为官方对舆情的认识走上了歧途，才会催生出众多技术化的舆情危机应对技巧——所谓“新闻失踪”、所谓“五毛党”、所谓“切割术”、所谓“拖字诀”，如此等等。

从法治的视角观察，官方应对舆情危机必须具备一个大前提——那就是恪守法律。只有依法处置，才能让“新闻失踪”成为不必要；也只有秉持公正，才不会虚以应对，以“拖”代答。也许新闻可以“被失踪”，人心却不会“被拖垮”，因为民众对“公平正义”的渴求是挡不住的。

（2011年第2期《财经》杂志）

法官辞典中不应有“上级”

曹　林

近日最高人民法院公布《关于在审判工作中防止法院内部人员干扰办案的若干规定》。最高法纪检监察部门负责人表示，一些案件当事人及代理人为了得到法院领导干部和办案法官的关照，会找各种关系牵线搭桥、请托说情，致使法院的正常办案工作遭遇到严重干扰。（2月21日《京华时报》）

显然，这个规定的剑锋直指当下似乎愈演愈烈、公众深恶痛绝的司法腐败。“规定”是为了去行政化，可从规定的内容来看，用的却仍是那套充满行政化色彩的语言，遵循的仍是行政化思维。

法院领导干部和上级法院工作人员“非因履行职责”不得过问正在办理的案件，其中“领导干部”和“上级法院工作人员”就属于行政化语言。法官的辞典中，不应该有领导和上级。这不是简单的话语习惯，而反映了一种刻板的行政化思维，法院去行政化，首先要“去领导化”和“去上级化”。

法院不是“执行”的行政机关，而是司法机关，要求其必须免于行政权力的干预，而保持独立的审判权。行政机关最大的特点是服从，权有高低等级森严，上级领导掌握着对下级的支配权，上级的命令下级必须服从和执行，即使错误的也须执行。

而在法院这个法律的王国里，则没有领导和上级，而只有“法院管理者”和“上一级法院”。一个法官在审理一个案件时，在这个阶段，他就是这个案件最权威的判断者，判断时唯一尊重的也只有法律，而不是领导的意志、上级的批示和所谓民众的声音。

法院虽然有院长、副院长之类，可他们只是“法院”这个单位在行政事务上的管理者，而不是比其他法官有着更高更多裁判权力、可以命令其他法官怎么判案的“领导”。根据我国《人民法院组织法》和相关程序法规定，院长无权对某个具体案件的法官指手画脚，即使院长亲自审案时，也不比其他法官享有更多的权力，在审判委员会投票时，其效力跟其他法官是一样的。

同样，法院系统中并没有“上级法院”，而只有“上一级法院”。“上级法院”隐含着某种吏属和领导关系，而“上一级法院”仅仅是业务上的分级，而没有领导与被领导关系——设置“上一级法院”是为了保障当事人不服判决时的上诉权，而不是为了领导“下一级法院”。

法院没有“领导”和“上级”，这些都是法治常识，可是，即使法院在反行政化时，还是会习惯性地言必称“领导”和“上级”，这说明行政化思维是多么根深蒂固。

（2011年2月22日《华西都市报》）

限制“秘密拘捕”体现权利尊重

杜 宇

12月26日，《刑事诉讼法修正案（草案）》提交全国人大常委会进行第二次审议，值得注意的是，“秘密拘捕”发生了一些变化。现行的规定是：“公安机关拘留人的时候，必须出示拘留证。拘留后，除有碍侦查或者无法通知的情形以外，应当把拘留的原因和羁押的处所，在二十四小时以内，通知被拘留人的家属或者他的所在单位。”草案则改为：“逮捕后，应当立即将被逮捕人送看守所羁押。除无法通知的以外，应当把逮捕的原因和羁押的处所，在逮捕后二十四小时以内，通知被逮捕人的家属。”

当然，修正案草案有很多其他改动的地方，我们单单关心“秘密拘捕”条款，是因为它既是争议最大的，也是最有力度的。

草案的进步之处在于它的后半部分，即“在二十四小时以内，通知被拘留人的家属或者他的所在单位”改成了“在逮捕后二十四小时以内，通知被逮捕人的家属”。家属作为唯一通知对象是符合人性的。因为家属是最关心被拘捕人命运的，单位则不一定。按照现行规定，公安部门通知单位而不通知家属是可行的，但这就留下了“问题空间”。

单位没有强制义务一定要通知家属，有时候单位从自身利益出发，比如害怕对单位的声誉影响，还会选择对家属长期保密。所以，这其实造成了隐瞒，巩固了拘捕的秘密性。二审草案则强调家属知情的重要性。而且，一旦通知了家属，家属很可能就会聘请律师，这相当于增强了法律救济性，这明显是个很大的进步。

24小时之内通知家属，依然有着很大的操作细节问题。一般通知都是以书面邮件的方式发出，这里面就存在着邮递时间，一般家属收到通知往往都超过24小时。如果拘捕机关没有发出通知，一旦追究起来，则可以推诿到邮政方面，说邮政部门“不给力”，将邮件弄丢了。所以，在24小时这个问题上，应当有更充分的保证，比如以电话通知的方式作为首选，而通知的家属一般为直系亲属。

草案将现行规定的“除有碍侦查或者无法通知的情形以外”删改成“除无法通知的以外”，这一变化其实更加含糊，令人疑虑。因为“有碍侦查”是可以细化的，而“无法通知”则太过笼统。有碍侦查的意思是：该犯罪嫌疑人可能有同伙，如果将拘捕信息披露了，可能打草惊蛇，让同伙有逃脱的机会；或者犯罪嫌疑人的有罪证据可能被其他人保管，一旦信息走漏，会销毁证据。所以，“有碍侦查”作为理由是成立的，世界各国都接受“有碍侦查”。

“有碍侦查”的范围过去一直是《刑法》争论的重点，比如草案第一次修改的时候将其缩小至“危害国家安全罪、恐怖犯罪等”，如果仅就危害国家安全罪、恐怖犯罪，它的下列罪名倒也不多，总计也不超过15个。但里面有个“等”又引发了广泛的争议，这意味着列举不穷尽，就会留下过度自由裁决的权力。而这次删改“除无法通知的以外”，可能是对“列举”的厌烦，直接进行语言上的“大而化之”修补，而不是细化上的考虑。

即使认可了“除无法通知的以外”，我们也要问，在“无法通知”这种情况下，是否无限期地不通知家属呢？是否要给出一个在这种情况下的最长的通知时限呢？另外，在“无法通知”这种情况下，即使不在24小时内通知家属，那么是否要有一个程序能够确保这种“不通知”是合理的？比如侦查机关是否应当在一定的时间内将“不通知”的理由写成文书，呈给检察院审批？要知道，《刑法》最重要的功能不仅仅是控制犯罪，也是体现公众权利的“窗口”。

（2011年12月27日《21世纪经济报道》）

民 生

2011：去敲幸福的门

唐 昊

当“幸福中国”话题迅速风靡全国的时候，恰逢“两会”召开。在此舆论背景下，作为高层政治平台的“两会”在设计如何使中国人更幸福方面下了更多的功夫。而“两会”的标志性成就“十二五”规划，就涉及多项改善民生的行动计划。如：城镇年均新增就业900万人；年均转移农业劳动力800万人；最低工资标准年均增长13%以上；城镇参加基本养老保险人数新增1亿人；城乡居民最低生活保障标准年均增长10%以上；全国保障性住房覆盖面达到20%；等等。

这些有助于房价下降、分配公平、社会公正、安全感增强、阶层向上流动的举措当然是来得非常及时。但在欣慰于政府民生责任感回归的同时，我们也希望在这个创造幸福的过程中，作为创造幸福主体的“人民”更加主动。在长久的历史中，我们太习惯于寄望国家政策的改变而带来幸福感的增强，仿佛人民只是幸福的对象。有一部电影名字叫《当幸福来敲门》。如今中国人似乎听到了幸福敲门的声音，但能够等来的幸福是少之又少的。幸福不是被施与，而是主动创造的。

在目下的中国，影响人民幸福的因素大多与权利有关，而非纯粹的物质阻碍。如：私有财产得不到保护，市场就无法运行；税收不合理，企业就无法发展；土地财政不改，房价上涨迫使年轻人逃离大城市的现象就不会停止；其他如既得利益集团掌控优质资源；国有企业垄断赚钱行业；富二代三代占据上升通道……这些直接阻止人们获得幸福的因素表面上看起来是物质性的，其实大多和私有财产权、公民参与权、一般性公民政治权利、公平发展权等权利的缺失有关。一个人生活在底层并不可怕，可怕的是他将因发展权利的缺失而永远不能改变自己的命运。

这种情况古来有之。我们以往憧憬生活在一个幸福1.0的时代。幸福1.0意味着一个幸福靠自上而下施与、明君清官成为幸福希望寄托的时代。在这个阶段，不但与幸福有关的权利被故意忽视，甚至幸福的定义也来自权力阶层：在理学时代，“存天理、灭人欲”被解读为必需的选择。而今，又有一种声音希望我们忘记权利和尊严而把在房子车子等物质利益中蝇营狗苟目为幸福。

这样的生活已经非止一天，也绝不可能自动终止。被动等待生活的改变，永远也等不来幸福。增强获得幸福的能力，努力创造幸福，比单纯的物质财富分配更重要。例如：环境被破坏，我们应该有能力去惩罚那些破坏环境者；看到不平事，我们应该有能力将其公之于众……这样才能实现幸福。

经过数十年的经济发展，如今的中国人已经拥有了史无前例的追求幸福的巨大力量。经济发展、教育普及、信息开放使得社会个体能力与经验空前增长；互联网、短信平台、微博，这些技术工具很容易使人们汇聚到一起。在此背景下，更多的人也发现，原来他们自己也有幸福的资格与能力。积极取代消极，被动化为主动，大家积极去敲幸福的门，而不是等着幸福来敲门。

不过在现实中，一些人还不习惯使用这种力量，甚至根本没有意识到自己具备这种改变世界、自己掌握自己命运的能力。犬儒主义、搭便车仍然在惯性地显现出来。在一些勇敢者为了素不相识者的权利奔走的时候，很多人选择围观而不是参与，原因也很简单：如果权利的争取没有成功，那么付出代价的是别人；而如果权利争取到了，那也少不了自己的一份。这种貌似理性、其实是非理性的算计，其实还停留在幸福1.0的时代，是通往幸福中国路上的最大障碍。要创造幸福，比能力更重要的是态度和行动。在幸福2.0的时代，人民群众是创造幸福的英雄，每一个人都要有所贡献！

（2011年4月3日《南风窗》）

没本事移民的，请做个公民

周 濂

此前的上海大火，引来周立波与网民的一场口水大战，尽管事关政府责任和公民表达这些严肃话题，但绝不妨碍周立波那张大嘴吐浓痰，其中最结棍的莫过于这一啐：“没本事移民的，请做个良民吧。”

在柏拉图《克里托篇》不长的对话录里，即将面临死刑的苏格拉底同样拒绝移民，不过他提出了一个相对缜密的论证：任何雅典人在成年之后，认清了城邦的政治组织和法律，如果仍旧心怀不满，大可以带着财产到他愿意去的任何地方，但是如果任何人在这样的前提下，仍旧选择留下来，城邦就有理由认为他这样做是在事实上“承诺”按照城邦的旨意行事，这是一种自愿订立的契约。

当周立波说“没本事移民的，请做个良民吧”，我猜想他真正想说而说不出来的就是这个道理。

按照这个逻辑，哪怕你是一个出身贫寒的打工仔，不通外语也不了解外国习俗，仅靠微薄薪水度日，买了盐就没有必要再打酱油，你依然拥有选择离开祖国的自由。你只要仍旧待在这片国土上，你就在事实上已经默认了它的法律和政策，由此你就必须做一个奉公守法的良民。

如果仍然有人满心欢喜地接受上述逻辑，那就让我们再来看看下面这个例子：

假设你在睡梦之中被人绑到一艘船上，醒来时眼前除了汪洋大海，就只剩下那个面目可憎的海盗头子。现在你有两个选择：1．离开这艘船；2．留在这艘船里。前者意味着跳进海里淹死，问题在于，后者是否意味着你其实已经在自由地表达你对船主的权威的认可？

我必须把上述例子的发明权交还给休谟。这位英国哲学家的想法很简单：风紧，但不扯呼。

不扯呼，可能是因为不愿扯呼，不能扯呼，无论怎样，都不意味着你默默认可了这个海盗或者这个制度，而只是因为你被捆绑了。明明一边是大怪兽，一边是小蚂蚁，却活生生被绑在一艘船上，一起沉船，一起落水。

2010年岁末的网络，正在疯狂流传一个发生在厦大辩论会上的求爱桥段："请问反方一辩，你有男朋友吗？请回答有还是没有？"反方一辩沉默。两秒后："那么好吧，默认的答案就是没有。"

虽然我那颗跳动不停的八卦的心无比热爱这个浪漫时刻，但是我的理智却在举双手双脚反对男生的强盗逻辑。

没错，就是强盗逻辑。哪怕这个男生是以爱的名义，哪怕反方一辩没有立即表示反对，哪怕中文字典里有一个词语叫"默认"，都无法支持男生单方面得出那个让围观群众雀跃不已的答案来。

马雅可夫斯基曾经这样向他的祖国表白："我想让我的祖国了解我，如果我不被了解——那会怎样？那我只得，像斜雨一样，从祖国的一旁，走过。"马雅可夫斯基写得诗意，但在充满负累的现实生活中，有谁能够如此斜风细雨、步履轻快地离开自己的故土和祖国？

一个不认可现有制度和政府的人，不但会出于各种原因放弃移民而选择留在国境之内，而且还会接受来自政府的公共利益，比如国防安全、环境保护、法制和社会秩序等，但即便如此也仍旧无法证明他已经默认了这个政府或者制度，因为大多数的公共利益，就像空气一样无处不在，既无法主动接受也无法主动拒绝。如果因为吸入了空气就要服兵役，估计就没有人敢去朝鲜游览金刚山了。

风紧，但不扯呼，不意味着反方一辩接受了男生的求爱，不意味着你只能做一个良民，当然也不意味着你必须要和制度死磕。我们还可以有另外一个更好的选择，那就是做一个真正的公民。

季羡林说："歌颂我们的国家是爱国，对我们国家的不满也是爱国，这是我的看法。"

从来就没有什么救世主。作为没有本事移民的，我们所能期盼的，是社会上不同角色的人，各自做好自己该做的事。所谓"微革命"，就是一要人人行动、敢于担当，二要不以善小而不为、不以恶小而为之。

如果因为你的所作所为、一言一行，使得此时此地的世界是一个更好的所在，哪怕就好一丁点儿，那么你的言行作为就是善的，你就是一个合格的公民——这是我的看法。

（2011年3月27日《财经》杂志）

动车温州追尾事故，直面公众质疑需要彻底

南都社论

本质上，动车追尾事故的反思并非一个技术问题，而是一个社会问题。

发生于7月23日晚浙江温州境内的动车追尾事故，到目前为止已经造成至少35人死、211人伤的惨剧。事故发生之后，仅就抢救人员、抢修铁路等方面，目前政府在启动应急预案之后，凭借它强大的动员能力足以应付。此外，官方也迅速成立了事故原因调查组，并以就地免职上海铁路局三名领导的方式先行向公众作出了交代。

不过，此次动车追尾事故的处理，除了必须在第一时间内抢救伤员，尽早开通铁路之外，与之并行不悖的还在于及时应对混杂着焦虑和疑惑情绪的公众。在信息社会的条件下，所有人都开始介入事故本身，这也意味着政府必须向所有关注此事的人作出交代。通过召开新闻发布会、开通微博账号等形式及时发布消息，澄清事故发生原因，公布事故处理进展，这样既可以为事故的直接相关人提供必要的信息帮助，也可以更好地消除公众的猜忌、疑虑和担忧。但到目前为止，相关部门在应对民众方面显然还是太过迟滞。

在最受人瞩目的事故发生原因上，目前铁道部或者官方媒体给出的结论主要是指当晚雷电击中D3115次列车之后，该车通信系统随即失灵，导致无法发出列车状况的信息，从而引发了调度上的失控。这样的答案尽管未必是最终的调查结论，但在几十条消失的生命面前，我们不禁会追问：为何雷电击中就会导致停电，且通信系统一失灵，就一定会发生追尾事故吗？一般来说，每两列动车之间有7000—8000米的“闭塞分区”，后面的车为何没有收到前方列车停车的信号？此外，号称高尖科技的由我国自主研发的动车控制系统为何如此不堪一击？种种疑问徘徊在每个关注者的心中，也叩问着铁道部这扇紧闭的大门。即使是在昨日深夜的新闻发布会上，王勇平的回答依然没有新的解释，让人不解。

再者，事故发生之后，有人作出有七八辆挖土机在坠落的几节动车车厢旁挖了几个大坑，对车厢进行破拆和碾轧，然后将其推入坑中进行现场掩埋。面对这一指责，中铁三局回应挖坑并不是为了掩埋拆卸车厢，而是在为接下来进行的吊卸作准备。而铁道部发言人王勇平，针对记者提问车体为何被掩埋时回答：事故现场有池塘，车头埋在里面是为了尽快填满池塘（据新华网浙江频道报道）。如果连现场都没有得到基本的保护，那么怎么可能得出确切的调查结论？进一步推论，全力抢修道路固然重要，但必须要付出破坏现场的代价吗？对于这类普遍的存疑，铁路部门也必须及时给出令人信服的回应。

灾难实在可怕，动车与高铁筑就的“高速时代”，引发的灾难则更为可怕。也正因如此，除了哀悼逝去的生命，我们更当做的就该是作出深刻的反省。在此，公民的自我教育自然亟须加强，但更重要的反思责任则必须由铁路部门担当。作为集中了几乎全部资源的铁路部门，从规划到修建再到运行，每一个环节无法看到公众参与、监督的影子。而如今，惨剧已经发生，“风险”的大部分都真实地抛给了公众。更让人遗憾的是，此次铁路部门或回应不及时，或将回应仅仅纳入技术范畴，这就意味着铁路部门依然继续着自说自话的路径，用技术的屏障阻挡着公民的介入。

然而，这样的“独角戏”应该废止了。在信息时代，人们基于爱可以在不同的时空之下构筑成一个伟大的命运共同体。“同呼吸、共命运”就是此刻关注事故人们的真实写照，人们借助短信、微博等各种工具传递着救援信息、寻人启事，编织了一张可以传递信息、鼓舞信心、宣扬真爱等情感的虚拟网络，形成的是一个巨大的场域。在这个场域中，政府部门必须转换思维，主动介入，以开放的姿态与公民进行互动，否则，这一场域便容易成为谣言的乐土。也正是基于此，我们呼吁：信息时代，请直面公众；生命面前，请直面公众！

（2011年7月25日《南方都市报》）

邵氏“弃儿”，生命处境的残酷寓言

刘洪波

把婴儿从亲人身边抢走，制造成“弃婴”，并进入国际收养渠道——《新世纪》周刊对湖南邵阳市隆回县的“邵氏‘弃儿’”的报道，与其说是揭露，不如说是控诉。

计划生育、“问题婴儿”、社会抚养费、国际收养……这是围绕“邵氏‘弃儿’”的一些关键词。计划生育政策的严格执行，产生了“问题婴儿”的说法。“问题婴儿”家庭必须缴纳社会抚养费，多少由计生人员确定。而一些人在孩子被抢后即使交费也见不着孩子，孩子已作为弃婴交给了福利院，他们改姓“邵”，有些被外国家庭收养。

收养被遗弃或失去亲人的孩子，本是慈善的行为，人道的事业，而“邵氏‘弃儿’”使这样的事业变成了人伦的哀伤、社会的罪恶。那些孩子从父母的怀抱中被抢走，作为逼交社会抚养费的人质，而后竟如同撕票一般，父母再也见不到他们，他们被送到福利机构（在此全部改为姓邵），然后漂洋过海。这样的“收养”，已堕落成贩卖，而整个过程，竟是由官方机构与政府人员完成。

计划生育作为一项基本国策，一度被称为“天下第一难”，因为那是和社会的生育意愿与国民的传统对抗。现在，我们知道，这在有些人看来，还埋藏着巨大的利益。发放生育许可、征收“问题婴儿”罚款（后改为社会抚养费），以及“一票否决”所牵涉的官员前途，都是利益所在。抢婴有利于经济收益，将婴儿变身“邵氏‘弃儿’”送往国外，大概也有利于生育统计。总而言之，抢夺婴儿对计生人员就是一件合算的事情。

伤天害理，天打雷劈，这种人伦的诅咒，算得了什么呢，“一票否决”才厉害。而做一件伤天害理的事情，就能既避免被官场否决，又能产生经济收益，这是官员们愿意做的。

人生而平等，生而自由。哪怕生育行为有违计划生育政策，也不是婴儿的过错，为何婴儿会成为“问题婴儿”，并使之不仅不能得到政府的抚育，甚至被剥夺了享受父母之爱的权利？何况隆回县也并不管婴儿是否有“问题”，他们只要“问题婴儿”这个概念能给抢夺婴儿提供开解，他们不是有问题才抢，而是抢谁就是谁有问题。

被抢婴儿的身后，是父母撕心裂肺的疼痛，是亲人流泪泣血的悲伤，但同时，是抢婴者笑对“一票否决”的轻松，是收到几千上万元社会抚养费的舒心，如果婴儿进入国际收养程序，据报可收取的手续费便是3000美元。抢夺婴儿的行为，不会受到任何惩罚，不会受到法律追究，法律会追究对抢夺婴儿进行反抗的人。可以说，抢婴行为完全是在法律纵容、政府鼓励的情况下产生并不断发生的。

某种程度上，我们这个社会对人的认识，一度进入了“人是负担，人是包袱”的陷阱。在这个人人都像是人口学家的社会，控诉人多已经成了一种政治正确，对人的厌弃几乎成了一种信仰。这种社会认知背景下，生命不再宝贵，生命能够赚钱才宝贵；“中国就是人太多，死一些不要紧”，成为一些人的习惯语。在这种社会语境下，计划生育无论采取何种办法，几乎都可以得到理解甚至鼓励。

事情已经发生几年了。当这样的事发生时，那些被抢婴儿的父母只能独自饮泣。现在，仅仅因为计生问题不再像当初那么敏感，这样的事才会被报道出来，即使如此，仍然需要媒体基于天良的勇敢。当权力正在实施灭绝人伦的行为时，它得到的不是抗议，而是平安无事。这样的事，不自抢夺婴儿始，不至抢夺婴儿终。而那些被抢夺的婴儿，连天然而有的血缘和父母之爱都被割去，这就是说，没有什么是与生而来不可剥夺的，这实际上是这个社会人的处境的一个寓言般的写照。

（2011年5月10日《东方早报》）

“千年一遇”的干旱是一种时代病

杨于泽

近来，北方部分地区旱情持续扩大，有的地方降雪，但旱情并未解除。据中新社2月10日报道，截至目前，山东大部已140多天基本无有效降水，持续时间达历史极值。如果到3月底仍无大范围有效降水，全省气象干旱等级将达到千年一遇。

旱情是因长期天旱无雨，人们将旱情归咎于天气、气候是自然的，否则风调雨顺，就不会有旱情了。但近几年来，把旱涝灾害说成“百年一遇”、“千年一遇”越来越普遍。去年西南五省区干旱，就有“百年不遇”之说。随便下场暴雨，又成了“六十年一遇”。但是否凡旱情就一定变成灾害，是不是旱情变成灾害就要怨天怪地，倒值得我们探讨。

所谓“历史极值”、“千年一遇”的说法，不知所从何来。山东省政府防汛抗旱指挥部副主任尹长文自己说，山东有“十年九旱”之说。现在的旱情超过了历史记录吗？中国气象局编有《中国三千年气象记录总集》四大册，给人的印象是中国有三千年的“气象记录”史，但这种“气象记录”多是史料上的文学性描述。现代意义的气象记录，世界公认始于1850年，我国的现代气象记录史更短，则我国气象可信的历史比较只有上百年。“千年一遇”，没有科学依据。

所谓“千年一遇”，听起来说的是“气象干旱等级”，实则是给灾情归因。天不下雨，时间一长，就成了旱灾，这似乎不错。这在古代，可以说是千真万确。但在今天，科学昌明，人们建水坝，蓄洪灌溉；打水井，抽水保墒。天不下雨，自然对农业生产不利，而且会造成巨大困难。但依靠现代科技，我们完全可能切断天不下雨与旱灾之间的因果关系。以色列在沙漠地区发展农业，所产瓜果出口欧洲，就是成功的例子。

有关北方旱情的图片，为我们提供了两种图景，有些画面是河床干涸、土地干裂，另一些画面是抽水机开动、清流滚滚。如果政府组织，资金到位，有人挖渠，源源清流就会流进田间地头。反之，我们只能仰天长叹，眼看着旱情蔓延，直逼“百年一遇”乃至“千年一遇”。所谓旱情，就具有两面性、可变性。

现在旱涝灾害频仍，很可能有气候变化的原因，但从社会学视角观察，它是一种典型的时代病。现在农村壮劳力都外出打工了，留在家里的非老即幼，种田靠天收。据很多农民讲，如果算上人工成本，如今种田实际上亏本，坚持种田完全是出于一种习性。一有旱涝，他们就干脆放弃。央视2月9日播出的《新闻1＋1》就说，农民不想抗旱。

这种时代病还有一个特征，就是全社会对农村水利建设的忽视。去年西南五省区大旱，专家们反思时已指出，农田水利设施不足是一个重要原因。各地的农田水利设施，大多兴建于改革开放以前，目前已年久失修。2006年山东遭遇“50年来不遇大旱”，专家也说，“水利工程欠账问题凸现”。但旱情过去，问题又被忘到九霄云外。现在旱情再次告急，山东修复水毁工程6123处、修复和新打机井3.7万眼、疏浚河渠2.3万公里，明显是“平时不烧香，急时抱佛脚”。

天道无常又有常，天旱地涝本身就是一种常道，怨天是没有用的。唯一能够改变的，是人类自己。荀子说“人定胜天”，不管我们能否胜天，面对频仍的旱涝灾情，我们必须行动起来，把水利设施建好，尽快让时代病痊愈。

（2011年2月12日《燕赵都市报》）

“随手拍”并非公民行动

卞 乐

听说有一个父亲，下班后经过天桥，双腿被一个乞儿紧紧抱住，仔细看竟然是几年前被拐走的儿子，已被硫酸毁容。又听说一对夫妇，在街头认出了自己失踪的孩子，却见他四肢被截，神情木然。二人伫立良久，然后含泪离开。

这是世上最凄惨的故事，令人悲愤难平。尽管难以确证，却会不胫而走。因此，当于建嵘教授发起“随手拍解救乞讨儿童”的微博行动时，参与者异常踊跃。这个活动以这些故事为前提，认为乞讨儿童中有相当部分都是被拐卖者，随手拍下他们的照片，就会有很多家长辨认出来。

我相信绝大部分家长都不是传说中的那对绝望的夫妇，而是像深圳彭高峰夫妇一样，日思夜想找回自己的孩子，为此不惜任何代价。然而，令组织者有些尴尬、参与者有些失落的是，迄今没有任何被拐孩子因为这个活动而得到解救。彭高峰夫妇通过自己发照找到儿子，被媒体错当作该活动的成果来报道。

这样的结果，倒让我有些欣慰——看来那些故事很有可能只是一些“都市传说”，大多并不曾真的发生。有人分析说，拐骗来的孩子，相比致残行乞来说，卖给那些缺少子嗣的家庭，获利高而快，并且没有长期经营管理的麻烦。但愿如此。

不过我这个欣慰的代价未免太大了。这就好比一个社区，为了让人感到安全，就把那些看不顺眼的人全部抓起来，让人指认他们是否涉嫌犯罪。没有任何人受到指认，大家都松了一口气。可是那些被抓起来的人，一定会提出抗议。

“随手拍”轰动之后，以此命名的各种倡议络绎不绝，其中影响较大的有“随手拍公车解救腐败官员”和“随手拍解救大龄女青年”。事实上再没有人真的随手去拍，只剩下调侃而已。随手拍公车揭发腐败的概率，远远大过从乞儿中找出被拐儿童。甚至有人说，还不如随手拍小学生，让家长辨认出失踪孩子的可能性更大。为什么不拍呢？因为被拍者会抗议，这侵犯了他们的人格权。而除了个别乞儿家长呵斥拍摄者之外，大部分乞儿都只有沉默。

于是有人转变了议题，从“打拐”变成了“禁乞”。根据相关法律，组织、利用儿童乞讨是犯罪行为，问题是拍照片明明是为了让丢失孩子的家长辨认，又怎么转变成禁止童乞的功能呢？难道是展示出来让警方去辨识他们身后的指使者？为什么曝光的不是犯罪者本人，而是受害者呢？

组织者一再强调，行动总比没有行动好，如此众多的参与者已经证明了它是一次成功的公民行动。我必须要说，民众被动员起来，并不等同于公民行动。尤其是当他们被非理性的情绪，甚至想象的恐惧煽动起来的时候，还有可能是一种破坏性的力量。公民社会最重要的是权利意识。“随手拍”活动从“打拐”到“禁乞”，一直在呼吁强势者禁止的权力，而非弱势者缺失的权利。即便是儿童不应当行乞，那也首先是他们被保护的权利，也就是基本的社会福利，而不是简单粗暴地把他们从街头赶走。

那些因为生活贫困而被父母带出来乞讨的儿童，被赶离街头之后，多半只能回到家里饿肚皮。把他们的父母抓起来，只会让他们的生活更糟。把他们交给福利院吗？把钱交给福利院，显然不如交给这些可怜的父母。

并不需要更多的立法，只须将现有法律予以实施，就可以将拐卖儿童和租用儿童行乞以及父母贪心驱儿行乞的行为定罪判刑。即便再立一些严厉的法条，我们仍然要追问，为什么法律不能施行？从彭高峰夫妇寻子的经历看，当年只需要警方多一点点耐心，调出早已“随手拍”的监控录像，就有可能让一个家庭免于数年间的痛不欲生。

如果儿童仍然没有福利，如果警察仍然不作为，可以肯定的是，即便“随手拍”活动推动了立法，那也只是浪费公帑的一堆废纸。还不如从现在开始，随手拍拍吃喝官员和渎职警察。

（2011年2月17日《南方周末》）

马尔萨斯幽灵是否已经远去？

周 飙

联合国人口基金（UNFPA）将本月31日定为70亿人口日（虽然美国统计局认为应定在明年3月），这样一个日子难免会引起人们对人口问题的再度关注，有意思的是，许多人口专家，甚至包括一些以往对人口爆炸将构成的生态压力忧心忡忡的悲观主义者，都已转变论调，认为数量增长已不再是焦点，人口结构和老龄化才是今后需要集中关注的问题。

无疑，有很多证据支持他们的看法：中国的趋势已彻底扭转，未来人口下降已成定局，印度的生育率也已控制在替代水平附近，城市化继续在延缓发展中国家此前的高速增长，城市化率最高的发达地区生育率已降至略高于1；然而同时，一个明确的事实是，世界人口仍在延续过去半个世纪所呈现的稳定趋势：每隔12—14年增长10亿。

乐观者说，绝对值的匀速增长反映了增长率的下降，但就人口—生态关系而言，构成生态压力大头和人口增长主力的农村人口，在过去12年中又增加了2.8亿。而在我看来，人口形势的扭转和生态压力的真正缓解，需要身处于传统生活和生产方式中的农村人口的绝对下降；如此看来，作为本文标题的那个问题，在今天仍然是有待回答的。

马尔萨斯的核心思想是：人口有着指数增长的内在动力，因而在给定技术条件下，将不断增长直至达到资源数量所允许的水平，当人口接近该极限水平时，生存资料的边际劳动产出率将不断下降，最终在均衡点上，追加的劳动投入将不再能够换来足以多养活一个人的产出，而最低收入阶层将会生活在勉强维持温饱的水平。

对马尔萨斯历来存在许多反对意见，也伴随着大量的误解，而在主流经济学界，他的观点甚至早已被视为破产理论而遭鄙弃，不过在现实中，他的阴魂却始终难以被驱除。

反对者最初选择的攻击点是他的边际产出递减律，认为边际产出未必是递减的，在技术不断进步的条件下，完全可能持续递增，因而问题就变成技术进步是否足够快从而将资源极限以比人口增长更快的速度不断拉高，而马尔萨斯并没有论证为何这是不可能的。

确实，在工业革命以来的历次创新浪潮中，技术进步似乎没有上限，但尽管如此，在以百年计的长期，这一反驳是琐碎而无力的，因为马尔萨斯理论并不需要假定边际产出在任何时候都是下降的，而只须假定它最终会在某个边界附近开始下降，从系统论角度看，指数式增长的系统，必定存在一个负反馈机制来构成其边界，否则它将是爆炸式的，不可能稳定存在，假如技术进步果真能解除对增长的限制，人口以不久前曾有过的3%年率增长（相当于每25年翻番），不到200年便可以每平方公里1万多人的密度铺满整个陆地，再过几百年便可耗尽地球上全部碳原子。

第二个反驳更有效：马尔萨斯没想到会出现避孕套。不过该反驳之所以有效，是因为马尔萨斯不恰当地将人口内在增长动力建立在人类情欲的基础上，而现代避孕手段让人们在满足性爱需要的同时得以控制生育数量；但达尔文已经为人口增长动力指出了更坚实的基础：整个进化史就是生物个体想方设法尽可能多地留下后代的历史，今天活着的人得以存在，便是因为他们的历代祖先都继承了足够强烈的生育繁衍意愿，而不仅仅是他们喜欢性爱；实际上，在面临资源压力时，独身和溺婴等生育控制手段始终被广泛使用，避孕药具只是让控制方式变得更人道，而并不会削弱进化所赋予的繁衍本能。

第三个反驳是基于加里·贝克尔的理论。贝克尔指出，生育决策并非简单的数量决策，也会考虑质量，因而生育仅仅是家庭长期人力资本投资的一部分，生育数量将取决于投入产出比；在现代城市文化和就业环境中，若父母期望孩子健康、体面并获得良好地位和前途，需要在抚养和教育等方面做高额投入，假如每个孩子所需投入越来越高，生育数量便相对减少。事实上，各国工业化和城市化进程所伴随的人口趋势，显然支持了上述理论预见。

马尔萨斯幽灵是否已经远去？

可是，迄今我们对城市化所带来的低生育率只有不足两代人的经验，难以预料质量上的投入何时会开始或是否已经开始报酬递减，而且，并没有特别的理由说明，基于投入产出的均衡生育数量会处于替代水平之下，因而城市化在某些地区所导致的极低生育率完全可能只是短期或例外情况。

况且，牺牲数量而追求质量的生育策略要成为优势策略，前提是被牺牲掉的数量必须在第三代之后得到补偿，比如，你为了第一个孩子能有出息而不生第二个孩子，那么这个孩子必须给你带来额外的孙子或曾孙或玄孙，否则你在遗传收益上就亏了；而从策略竞争的角度看，亏损策略终究会被遗传收益更好的优势策略所替代，而事实上，我们很难相信那些受到更好教育、前途更光明的孩子，果真为他们的父母带来更多孙辈，事实很可能恰好相反，这就更让人怀疑质量策略能否长期维系。

对此，有人指出，影响生育意愿的不仅是遗传因素，还有文化，而文化的传播比基因更快捷便利，完全有可能，当支持多生策略的基因在人群中扩散时，文化影响却把其中足够多的人不断拉入少生的队伍中；但这种可能性只是理论上的，从未有人论证过，在缺乏遗传优势的情况下，少生策略何以会成为整个人类的长期主流策略？缺乏遗传基础的文化和价值观潮流是飘忽多变的，尽管西方文化目前占据主导，但文化和价值多样性程度始终很高，而只要其中一部分支持多生，其影响何以不会随其人群规模而扩大？穆斯林社区在西方的日益壮大，似乎正在为我们展示这样一种前景。

实际上，对马尔萨斯真正有力的反驳是：人口有可能被疾病长期压制在资源供养极限水平之下。英格兰在首次黑死病大流行（1348年）之后三个多世纪的历史，很可能提供了一个这样的案例，但也恰恰是在这一点上，现代与过去的不同是：马尔萨斯理论的漏洞被现代医疗和防疫体系补上了，因而它在今天比古代更有说服力。

显然，假如我们将目光放远到两三代人或者更大的时间跨度上，那就很难将马尔萨斯弃之不顾，他的理论仍将是我们观察和思考人口问题时无可替代的指引。

（2011年10月22日《21世纪经济报道》）

公 益

公益狂飙七伤拳

宁 二

近日一位香港NGO界领袖与笔者交流时感慨道：“内地公益事业的发展速度之快，我有时都看得目瞪口呆。”这位朋友供职的机构1987年就进入广东开展服务，他算是全程体会了内地公益界过去20多年的苦辣酸甜，不料时间到了2011年盛夏，硬是被内地公益事业的狂飙突进弄得有点不知所措。但目瞪口呆的何止香港同胞？公益周刊的编辑记者在日常交流时，也常常为一种狂飙主义的瞬间浪漫与浪漫之后的虚无感纠结。

看看现在被公益的强大气场所辐射的人们吧。在全国跑动的公益研究领域专家学者个个忙得晕头转向，我们最亲切的NGO朋友——公益界基层从业人员的劳累程度一点不亚于日理万机的国家领导人，民政部门的公务员同志大概也普遍焦虑，否则从中央到省市各种有关慈善、民间组织、社会工作的政策法规是如何接连出台的？更不论那些商业嗅觉敏锐，已对“公益营销”产生迫切兴趣的企业家。

“公益”似是未来中国的蓝海，各种因现实的胶着状态而焦虑的力量都在扑通扑通往下跳，在集体跳海式的公益狂飙主义氛围里，跨界已然成为一种“新共识”。管它什么界，在公益的蓝海里，都是公益界；管它什么猫，在公益的蓝海里，白猫黑猫都是公益猫。观点的对冲、资源的重整、利益的勾兑、政策的游说、抢班的卡位的、作秀的与被作秀的、献爱心的与利用爱心的、想做事的与试图搅局的……有乐观的公益圈中人说，这是一个黎明将至的混沌时刻，这是改革深化的前夜。果真如此吗？

狂飙之下，“因公益之名而跨界”作为一种新共识在最大限度消弭“边界”。但若我们社会期待的是真正具有建设性的跨界局面，必须警惕的恰恰是边界弱化。改革开放以来，每一段“跨界”成为主流社会情绪的历史都发生了社会变革，也都遗祸无数。时至今日，正是“跨界的公益”被强烈期待能去修补那些过往积累的社会裂痕，但吊诡的是，狂飙之下的公益边界仍旧模糊。

这是一种典型的中国道路，先通过边界消弭而“放”，而后通过丛林式自由博弈调整利益格局，在利益与阶层基本固化的背景下，所谓大浪淘沙赢者通吃，再由胜出者重建边界拟定规则，跨界于是休止，遗祸却也浮现。此种历史逻辑似乎在公益领域正要重演，需要发问的是，当代表了人类最基本伦理期待的“公益”在未来需要被救赎时，还可能有什么力量去担当？弱边界的丛林状态的公益跨界，对于中国，恐怕不亚于几记九成功力的七伤拳。

“三年之后，公益界将是一个名利场。”对笔者讲这句话的，是内地公益界一位重要推手，他开玩笑说三年后他便退出。亲爱的读者，在这个公益狂飙主义的跨界时代，你相信他的判断吗？你会作何选择，因何行动？我相信，答案你懂的！

（2011年7月18日《南方都市报》）

悦悦：来生还做不做中国的孩子？

寇竹卿

王悦，女，中华人民共和国公民，两年前出生，2011年10月13日她在广东佛山被汽车碾过，司机逃逸。她倒在血泊中。几分钟后又一辆汽车碾过，司机亦逃逸。此后18人经过她旁边，无人伸手拯救其生命；58岁的拾荒女陈贤妹从死神手中抱回了悦悦，全国舆论大哗，人神悲恸。经医院竭力抢救无效，王悦于2011年10月21日晨离开人间。时年2岁。

2011年10月，包括了许多纪念日，其中多数带有国家和民族的宏大意味。与这些大日子相比，是一个2岁女童王悦的离世，让纪念日沾染人情和哀伤，同时也有愤懑挥之不去。她在世只有700多天，却因成人世界的混乱失掉生命。祈愿她可以去往天堂，不再受车碾和非人性的惩罚。

小悦悦在出事之前，就像其他类似家庭的孩子一样，在危险的城市边缘独自玩耍。她的父母可能就在一箭之遥的地方，做着营生，顾不上给孩子提供无微不至的成长所需。在30年前，这样的童年称得上是安全且自由的，但在现如今，自顾自的生长不得不面临重重杀机，小悦悦被不幸选中。

王悦的悲剧符合所有导致伤怀的要素：年幼夭折、连遭碾压、18人弃救。幼童的鲜血总是特别残忍，尤刺人心痛。而且，小悦悦直接死于道德沦丧，死于冷漠人世。她的死亡过程被拍摄下来，在微博流传，被反复谈论，更被引向巨大的争论漩涡。她把许多种类的死亡和衰败再次揭开。

尽管道德之辩向来不缺，小悦悦之死所引起的争论主题并不新鲜，可人们依旧不能通过这一桩猝死达成共识。在医院的最后挣扎期间，小悦悦不可能知道围绕她的舆论波澜，可显而易见的是，这一方世界没有能力和底气处理她用鲜血命名的道德悬疑。这是在幼童死亡之外的另一种悲哀。

我们应该从小悦悦的遭难中吸取什么教训？反省自身的德行匮乏？谴责制度崩塌的祸害流布？他人的痛苦究竟要靠制度进化来施救？抑或，通过制止人的异化来实现？但见繁多的立场杂处、混战，这不是一场天人交战，因为我们早已非人类化，更不拥有神性，这是旷日持久的浊世沉浮录。

这么多年来，发生了太多的死亡，以至于死亡本身除了强化冷漠，再无他用。这些年来，我们更看见各种孩子的落难与死去，大人们要么无动于衷，要么无能为力。周云蓬恨恨地唱道：不要做中国人的孩子。可孩子是无辜的，能否也不要做中国人的父母？那么多死法让我们顿失许多种为人的资格。

小悦悦作为一个沾血的符号，尖锐地钉在中国的墙上。她是许多孩子的叠加与化身，她的死是许多死亡的同义词，她匆匆完成一个隐喻：作为中国人，虽然我们也组成了所谓人世，但我们每个人只是在缺陷上相互强化，最终只能彼此构陷，手挽手地坠入深渊。而忏悔及真的改过，则是救赎的第一步。

从这次开始，我们能搭救孩子和自己吗？

若有来生，王悦会不会还做中国的孩子？中国，会不会，再也不像是你遭遇悲剧的彼时的中国？

（2011年11月4日《中国财富》）

慈善不应被资本逻辑左右

朱健刚

2008年全民参与汶川地震救灾捐款引发了中国人的慈善“井喷”现象。而在这之后，富人慈善进入了持续发展的新阶段。不但有陈光标、曹德旺、陈树发屡屡的大额捐赠之举，而且更多的企业家和财富人士开始建立自己的基金会，全国主要以财富人士发起的非公募基金会2010年预计将达到1000家，大有和官办为主体的公募基金会数目相当的趋势。当媒体正刻意地凸显巴比晚宴困局的时候，事实上，慈善界自身却已经掀起富人慈善的风潮。虽然全民慈善的主张也同样风生水起，但是著名慈善界人士、民政部慈善司前司长王振耀从原来的平民慈善的积极主张者转为今年有意强调富人慈善，不能不说是这种潮流的典型反映。2010年中国首届慈善百人会，更是确定了支持富人慈善的基调。

中国的富人为什么开始热衷慈善？这显然不能片面从西方社会所谓“财富原罪救赎”的观念出发来理解，事实上，中国富人的慈善动因丰富而多元，这也正应和着中国企业家群体历史上形成的多元价值。因此我们的分析更应该基于实际的范例来理解财富人士多样化的慈善动机及其在他们的慈善实践背后的文化动力。

乡土慈善的传统

对于许多财富人士，尤其是类似广东、江浙一带的中小企业主，他们的慈善动因和中国的慈善文化传统紧密相连，那就是通过“积德行善来求得生意或者生活上的福报”。中国的许多财富人士并未忘记好人好报这一古训，因此，在财富积累之后，他们常常要对自己的家族、朋友，社区里的乡亲、邻居和宗教庙宇等捐款资助，以求福报，同时对社区里的公共设施建设和公共文化活动，也常常出手支持，希望以此获得熟人社会的支持。这种基于熟人关系的乡土慈善传统相当普遍。甚至可以说是中国富人慈善最经常的方式。

随着受媒体的影响加深以及个人财富积累到一定程度，这类社区慈善行为也可能会扩展到一些远离自己社区，甚至完全陌生的灾难发生地区和贫困地区，但是慈善行为模式仍然是相似的，比如中国首善陈光标就喜欢直接将红包发到他所资助的社区每一个受助人手上，其做法仍然类似于他对自己社区的支持方式。传媒的作用，可以让这些陌生之地对富人产生亲近感，甚至会有将受助者当作自己模拟血亲的体验。可以说这种灾难或者贫困捐助恰是乡土慈善传统的现代投射。但是，值得注意的是，这类慈善行为虽然大量存在，却很难被统计进民政部的数据，于是中国富人慈善捐助所占GDP的比例在中华慈善总会的统计中似乎要远远小于美国。其实美国的富人慈善大量是依赖可以统计的120万家免税慈善基金组织来进行，但是中国，大量富人的慈善行为并不经过国内官办的100多家慈善募捐机构。因此只占GDP 0.1%的数据显然是低估了中国民间慈善的资金规模。这类“隐性慈善”同样也被颇有传媒影响力的《企业公民蓝皮书：中国企业公民报告（2009）》所忽略。它的调查指出99%的企业没有履行慈善业务，但是正如虞志秋的研究所指出，中国的民营企业存在大量的“隐性”慈善捐赠行为，大量的直接捐赠因为没有能够统计而被忽略。这些隐性捐赠包括修桥建路，修建宗祠、寺庙，老人协会的助老经费等。

当我们讨论中国富人慈善的动因时，这种“做善事求福报”的乡土慈善传统值得我们首先加以重视。

慈善的利益动因

基于工具理性的现代慈善同样成为中国富人进行慈善行为的动力。这里主要有两个方面的动因，一是慈善消费主义，二是作为企业战略的慈善。

慈善消费主义是笔者观察到的第二种富人慈善动因。随着财富的增长，如何消费财富成了很多富人头疼的问题。满足感官享乐欲望的消费在一定时期的膨胀之后很快让财富人士感到厌倦，并且在意识到这种消费如果过度，会给自己带来身体健康、家庭关系以及社会声望上潜在的破坏和危害以后，他们开始寻找新的消费方式。一种追求健康快乐、环境友好以及文化品位提升的消费观在富人群体中兴起，慈善正是在这样一种新的消费主义中成为富人重要的消费方式。对他们来说，慈善捐助和志愿服务可以让自己体验感动，舒缓心情，获得尊重，建立友谊，因此看到慈善行为带来的这么多益处，他们会在自己用于消费的财富中调整支出比例，力图在慈善消费中，得到从其他消费行为中很难得到的精神上的快乐。例如著名的国际中产阶级慈善团队——狮子会——在中国的兴起，正回应了这种慈善消费主义的兴起。富人在参与这个团体的慈善活动，通过出钱、出力、出心和出席会议，来体验付出，享受感恩，建立朋友支持网络，通过慈善消费，收获自己生活中的不一样的快乐。与此相对应的，将慈善作为生产经营活动的一部分以谋求更高利润是富人现代慈善的另一种重要动因。很多富人在现代企业的运营过程中，逐渐将慈善纳入自身的市场营销体制之中。在资本原始积累时期，中国企业家将做慈善视为建立地方政府信任以谋求获取投资方便的重要策略。同时也有企业家力图通过慈善来合法避税甚至洗钱。但是在最近的五年间，越来越多的中国企业家将慈善视为自身企业发展战略的一部分。不但一些外资企业将慈善作为公共事务部门的重要投资导向，而且很多企业家都力图通过慈善来树立企业品牌，培训员工团队，建设社区关系。慈善被看作企业家实现企业社会责任的重要部分。

但是，除了以上两类动因外，我们还需要意识到中国的企业家之中仍然存在着一批具有社会关怀的财富人士。他们在专门从事财富积累之前，或者是作为学者从事知识生产，或者是作为官员参与政府的改革事业，之后由于各种政治和社会原因，他们迫不得已下了海，一不小心发了财。但是，在他们进行财富积累的过程中，各种各样的社会关怀仍然埋藏在自己心中。他们仍然关注社会问题，也关注中国的进一步改革开放。因此，建设社会，将社会作为第三部门，形成对政府和市场的制衡成为他们的主张。公益慈善正是他们认为的建设社会的基础，他们希望现代公益组织成为公民社会的微观基础，进而推动众多民生和社会发展问题的解决，缓和社会紧张状态，改变社会治理格局。我们可以把这类慈善称之为公民理念或者公民社会理念的动因。这是一类由中国特定的历史脉络所形成的具有公共知识分子情结的财富人士，这种富人慈善直接指向公民社会的形成。例如在由阿拉善协会发端而成的北京企业家基金会周围，就集合着很多这样的带有公民社会愿景的财富人士。他们致力于通过所捐资金，培养和资助中国环保NGO的发展，同时以推动社区自治的方式来力图解决荒漠化乃至更多的环境议题。他们的思路已经不仅仅是“以慈善换穷人与富人之间的和平”，而是有意识地“以慈善建设社会”。

可以看到，财富人士的慈善动因其实非常复杂，许多财富人士的慈善动因其实是以上三类文化动力交互作用而成。虽然，以上所作的类型学分析未必能够全面涵盖富人慈善，但是我们从中可以窥探到，不管动机如何，富人慈善已经成为富人们一种重要的生活方式。富人慈善虽然备受争议，但是随着基金会条例颁布带来的相对宽松的环境，相信富人慈善会越来越成为潮流和时尚。

非公募基金会的困境和出路

虽然存在各类社区慈善行为，但是为了谋求更清晰的产权关系和更独立的合法性，成立非公募基金会，并以基金会的方式实施慈善行为已经成为越来越多的富人采取的方式。相信在未来的十年间，在非公募基金会领域内将逐渐产生企业基金会、家族基金会、社区基金会等多种类型的基金会来满足捐款者各种各样的需求。同时通过基金会，富人开始和专门从事公益的服务组织和机构发生关联。需要注意到，当非公募基金会以独立法人的方式运作社会事务的时候，它具备了更大的公共性。它的专业化、公信力和社会责任得到公众的广泛关注。在这方面，富人慈善受到比较多的批评和挑战。

首先，很多这类基金会缺乏专业的项目经理来处理慈善公益资金。有很多项目经理从未真正去过社区做过公益，甚至在做这一行之前连公益是什么都不知道，因此自然难以和民间公益组织有效沟通。很多基金会把公益资助和企业经营看得没有差别，常常习惯性地把自己看作老板，把民间公益组织看作下级。而更糟糕的是，不仅仅是项目经理，那些基金会的领导人，常常也缺乏对民间公益组织的认识，甚至不屑于和民间公益组织打交道。于是，很多基金会存在着不负责任的承诺、混乱的审批以及善款交付的无厘头拖延。富人没有把精力投入如何有效地使用善款，反而更多地周旋于各种会议、庆典乃至于媒体。

此外，当下的许多非公募基金会，无论是它的内部治理，还是信息公开程度都相当低下，有很多基金会只有形式上的治理结构，实质上还是企业老板一人说了算，谈不上什么独立。大量的基金会从未做过基本层面的信息公开，公信力严重不足。

更令人忧虑的是，一些基金会和慈善家认为，根本不需要专业的公益组织，拿着现金直接发到受助人手上，对他们来说，这就是他们最直接的爱心表达。但是，稍微有点公益常识的人都知道，这种对弱势者的慈善，不但很难改变他们的命运，反而会进一步加剧社会的不平等，这样的不平等将不仅仅是物质上，而且还是心理上的。严重一点说，这样的慈善是一种更难以抗拒的暴力。每多一位这样的慈善家，弱势者其实更多得到的是一种长远的伤害。

富人需要意识到自身慈善的潜在风险。其实慈善在世界的发展已经有一百多年，逐渐形成了一个成熟的价值链条。而富人慈善应该融入到整个公益的价值链中去。公益价值链在服务群体和捐助人之间其实有着各自分工的不同的组织，在这条现代慈善的价值链上，有直接在社区中服务的公益组织，也有专业化的基金会以及提供知识和策略的公益支持机构。富人慈善需要意识到他们的捐赠行为只是慈善价值链中的一环。如果要具有专业化和公信力，它就需要和专业的NGO服务结合起来，通过有效的项目运作和评估，才能保证善事能够做好，也才可能对受助群体产生可持续的正面影响。最近著名的例子是富人曹德旺，在以前慈善行为他都是亲力亲为，因为他对善款的去向总是不清楚，但是亲力亲为让自己疲惫不堪。这一次他向中国扶贫基金会捐款2亿元，协助解决西南干旱的救济问题。曹在委托中国扶贫基金会的同时，也附加相关的赔偿条件和降低管理成本的要求，基金会则相应调整自身的工作效率。通过和基金会的合作，慈善的影响力扩及五省区。显然，这样的合作给富人慈善指明了更加规范的方向。

富人慈善的局限

富人慈善虽然日趋流行，但是也需要清醒地意识到，富人慈善的局限也非常明显，如果慈善事业完全是富人来把握，那么已经主导经济领域的资本价值观就会在公益慈善领域又起到支配性的影响，以效率、成本、财富为标准的等级体系会成为公益领域的主导性价值观，这就使得平等、爱、参与、团结等慈善领域本来所倡导的价值观被逐渐边缘化甚至消失。今天这种苗头已经出现，值得整个社会警觉。

此外，如果单纯只是强调富人慈善，那么社会的贫富对立并不见得会弱化，因为慈善将会被看作只是富人参与的事，而广大的平民则会被排斥在外，他们和社会的脱离会进一步加剧，而同时弱势群体如果只是受帮助的对象，那么他们就在产生依赖的同时，也会进一步加剧对贫富对立的体验。如果慈善方式处理不当，体现不到对受助者的尊重，那么这种慈善行为或许会进一步加剧社会的不满和仇恨。据媒体报道，湖北一些受助的贫困大学生不对富人的资助表达感恩，引发富人不满，媒体在谴责这些受助者的时候却忘记了，人们回避单纯慈善所形成的地位不平等其实是正常的人性。富人慈善需要意识到这一点，他们的捐助不是单纯的奉献，他们其实从中也获得很多：良心的实现、声望以及感动。因此他们也应该有一份感恩的心情。

正因为此，在鼓励富人慈善的同时，我们也应该鼓励全民慈善，慈善不是富人的专利，慈善心是每一个个体都能够有的自发的选择。在某种意义上，这种个人的慈善心积聚起来，就会逐步形成公民对于公益的集体参与，也只有这样，社会才能真正形成自己的声音和力量，能够和政府与市场形成相互制衡和促进的第三部门。这种强大的第三部门，应该是无论富人还是穷人都希望看到的。它的形成才能从制度上推动社会的公平和正义。

（2011年1月14日《文化纵横》）

郭美美：公益女体盛

江　华

感谢郭美美。在我们快要遗忘的时候，媒体的又一轮访谈，让这个名字再度光临。严肃媒体希望给她自证的机会，平等享有话语权，郭美美于是得以“真情告白”；娱乐媒体希望抱住这枚人气火箭，发新歌、上杂志、拍写真，郭美美这座八卦“富矿”，果然又蠢动了俗世的精明。

如今人气旁落的是红十字会。无数看客、咨客、食客、评客，只把郭美美当成世相的女体盛，盛满了香艳、暧昧和萝莉的可爱，却不见了郭美美来时路上那个彷徨的机构背影。谁才是这个时代幸福感的来源和保证，一时又成为无语的难题。莫非这就是传说中的全民健忘症？

倒不必责难这“恶名”之下的商业利用，郭美美有使用自己身体的自由和权利。不论是郭美美在摄影棚灯光下拍写真展示年少身体，还是展露歌喉灌唱片出碟挣大钱都不可怕，可怕的是她掀开了一家公共机构的遮羞布，我们却并不热衷追问和探寻遮羞布后面的秘密。

郭美美“发现”的这个黑洞，到底是如何屈光纳物，股掌之间又如何化道德为利益、据慈善为金钱，如今看来只是一念之间。而在更为巨大的公共生活的流水线上，对众人福祉的关心也抵不过个人趣味的追逐。如果郭美美果真从红十字会的泥沼里脱胎换骨，红十字会亦从与郭美美的意外相遇中从容转身悄然而退，民众的慈善心会否也会因为喧哗退场而生出伤感？

郭美美对中国慈善的贡献，是一道伟大的减法，这让养尊处优的官方慈善机构始料不及。民政部公布郭美美事件之后全国社会捐赠统计数据，慈善组织受捐额剧降九成：6月全国社会捐款为10.2亿元，之后善捐锐减数亿。慈善组织6到8月降幅更是达到86.6％。

有官员表示，上述数据降幅“主要是因为去年上半年我国发生旱灾、玉树地震等自然灾害，在一定程度上激发了社会捐赠热潮，而今年则较为平静”——这是令人惊讶的逻辑：中国人的慈善心，需要巨大的灾难和死亡才能唤起，而不能指望平常心。

平常人的平常心在哪里？北京市红十字会披露，今年7月，北京市红十字会共接受社会捐款28笔，总计15.44万元。其中个人捐款8笔共7495元。北京，作为中国首善之区，若以千万人口计算，北京人7月份的慈善心每颗为0.0007495元人民币。

郭美美还是怕说实话，怕说“她的出现对慈善和公益是好事”。但郭美美也说，希望中国红十字会，不要因为她，让老百姓那么讨厌它，厌恶它，对它失去信心。

千金裘、血红马、麻将高手、内衣秀，这些词堆砌了一个让人眼花缭乱又扑朔迷离的拜物图景。郭美美站立其间，就像离奇展示的所谓女体盛表演。然而，即便如此，我们也希望透过这浮世绘，看到中国公益慈善事业向好的前景。

（2011年9月19日《南方都市报》）

“真维斯”不是真问题

北方朔

花钱没买到尊重，却惹来一身口水，休闲服装品牌真维斯陷入了悲催。受赠方清华大学在一片批评声中收回成命，摘下了真维斯挂在教学楼前的铭牌，尽显进退失据的尴尬。在滔天的批评声中，党报的声音格外嘹亮：谁都可以媚俗，大学不能。不知道这是不是此次风波中压垮清华的最后一根稻草。

在笔者的理解中，大学不媚俗的正解，是大学应该独立于政治，独立于商业，独立于舆论，以自由之精神、独立之思想为最高原则，以学术与教育为最高志业，坦荡而坚定地走自己的路。如果慑于外在的权威而去改变决定，倒真落入了媚俗之境。

具体到此次真维斯冠名风波，笔者认为清华无可厚非。只要清华妥善利用得到的款项，使之真正为教研服务，有何不可？有一种意见认为，清华是所不该缺钱的学校，所需的办学经费财政自会满足。此次真维斯是以企业产品名称冠名，带有广告营销性质，不同于纪念性质的以捐赠者名字冠名的行为，如邵逸夫捐建的逸夫楼，并据此认为，清华沦陷于商业，没有守住象牙塔的清高。此论其实站不住脚。

笔者认为，只要是守法经营的公司，就都具有捐赠大学的资质。至于是一线品牌还是二线品牌，是国际大公司还是本国小公司，不应该成为标准。相反，此次冠名风波中，许多人反对真维斯冠名的原因是二线品牌的真维斯配不上顶级品牌的清华，倒显示了势利心态与潜意识中的轻商心理。说清华不缺钱因而不能接受这笔捐赠，也构不成反对清华此举的理由。难道清华只有吃不上饭了才可以接受捐赠吗？为什么不可以出于获得更优越的办学条件的考虑而接受捐赠？至于以个人名字冠名因而没有商业动机的说法，也未必靠得住。以个人名字冠名，难道不也是一种广而告之的行为？

企业或个人的捐赠不是一种高蹈的道德行为，不必以彻底的利他要求来衡量，进而要求其不能挟带一定程度的自私诉求，否则的话，将会堵塞捐赠之途。大学当然可以出于品位、旨趣与偏好的考虑而谢绝一些捐赠，但不存在是与非的问题，也在大学的自主权之内。所以，笔者认为，真维斯冠名清华教学楼，称不上是个真问题。

或许，清华面临的真问题，是怎样认真面对蒋方舟写给它的信，因为信中所传达的忧患意识，正反映了这个时代深沉而紧迫的呼声；清华面临的真问题，还包括百年校庆之际表现的备受诟病的冷落优秀传统与大师，过于讨好权力的浩大仪式，其背后折射的独立品格与人文精神的缺失，才是一所大学的致命疾患。可惜的是，这些关乎大学安身立命的问题，都没有成为主流媒体的议程。如果党报党刊出于社会责任感，利用自身的权威性，像关注真维斯那样关注这些问题，对中国尽快产生世界一流大学一定会大有助益。

（2011年5月28日《经济观察报》）

杜月笙担任中国红十字会副会长的启示

智效民

在人们的印象中，杜月笙是民国年间上海滩的黑社会老大，而中国红十字会则是一个全球性慈善机构。既然如此，杜月笙怎么会担任中国红十字会副会长，并将“人道、博爱、奉献”的红十字精神发扬光大呢？

要回答这个问题，还应该从他的身世说起。杜月笙自幼父母双亡，少年时代就流落社会，当了学徒。因为无人管教，他经常与流氓地痞为伍，并拜在青帮的小头目陈世昌门下。由于机灵敏捷，善解人意，再加上陈世昌的引荐，他很快受到上海滩头号“大亨”黄金荣的赏识。不久，杜月笙成为黄在法租界开设的三大赌场之一“公兴俱乐部”负责人。后来，杜月笙又成立“三鑫公司”，垄断了上海法租界的鸦片买卖，与黄金荣、张啸林并称为“上海三大亨”。

有人说，在“上海三大亨”中，“黄金荣贪财，张啸林善打，杜月笙会做人”。正因为如此，杜月笙经常把开赌场、贩鸦片得到的不义之财用在两个方面。一方面是与社会上层人士交往，从政治要人、商界巨子、文人墨客到帮会骨干，几乎面面俱到。比如下台总统黎元洪、著名学者章太炎、帝制推手杨度、著名律师秦联奎等等，都成了他的座上客。为此，他得到一个“当代春申君”的雅号。黎元洪的秘书长饶汉祥还用一副对联表达对他的敬意：“春申门下三千客，小杜城南五尺天。”另一方面，他特别注意对社会底层的救助。多年来，杜月笙总是买下大量预防传染病的药品，送到浦东老家免费发放。遇到天灾人祸，他要组织赈济救助；遇到劳资纠纷，他会维护工人利益。

上世纪30年代，杜月笙认为单纯依靠“开香堂”收徒弟的传统方式已经不能适应青帮发展的需要，同时也限制了各路英雄投奔他的门下。为此，他以“进德修业，崇道尚义，互信互助，服务社会”为宗旨创办恒社。恒社是一个民间社团，它最初成立时只有130人，后来发展到500多人。这些人分布在政治、经济、文化、新闻、电影等领域。不久，他还担任中国红十字会副会长、中国通商银行董事长等职务。

1937年8月日本侵略者进攻上海，中国守军奋起抗战。杜月笙以红十字会副会长的名义，联合各团体组成上海市救护委员会，共救出受伤军民4.5万人左右。随后，他把募集到的150万元捐款和毛巾、罐头、香烟等大量劳军物资送到前线。此外，他还应潘汉年的要求，从国外进口了1000套防毒面具，送给八路军使用。没想到新中国成立以后，杜月笙逃到香港，潘汉年则以汉奸的罪名被投入监狱。

南京沦陷后，中国红十字会总会撤到汉口。杜月笙在汉口成立临时救护委员会，将3000多名专业人员组成100多支医疗队奔赴前线。据统计，至抗战结束，中国红十字会救护的军民总数达到260万人。这一成绩固然与红十字会广大工作人员的努力分不开，但杜月笙的领导作用不容忽视。

后来，杜月笙随中国红十字会迁移香港，继续从事战时人道主义工作。当时海外侨胞为抗战捐助的物资，都由杜月笙接收运往汉口或重庆。与此同时，杜月笙还与戴笠合作，搜集沦陷区的情报，布置锄奸策反活动。据说上海另一帮会头目张啸林投敌后被暗杀，就与杜月笙有关。另外，轰动中外的高宗武、陶希圣脱离汪伪集团并公布“汪伪密约”事件，也是杜月笙和戴笠共同策划。

太平洋战争爆发后，日军占领香港，杜月笙撤回重庆，继续主持中国红十字会工作。抗日战争胜利后，他返回上海，高票当选为上海市参议会议长。据说因没有得到国民党支持，他很快辞去这一职务。1949年5月，杜月笙携全家逃到香港，并于1951年在当地病逝，终年63岁。

纵观杜月笙的一生，至少给人以下启示：

第一，就个人而言，幼年的生活环境对一个人的成长影响很大。假如杜月笙生活在一个美满幸福的家庭，从小接受良好的教育，他就不会过早地浪迹江湖，流落社会，去干那些开赌场、卖鸦片的勾当。即便如此，他也有仗义疏财、扶危济困、崇尚儒雅、维护治安、报效社会的良好愿望。由此可见，绝不能用京剧脸谱的模式来评价历史人物。

第二，从社会来看，好的制度可以让坏人变好，坏的制度可以让好人变坏。中国历史奉行所谓“小政府、大社会”的制度模式，县级以下的管理完全依靠社会力量。在这方面，地方乡绅、民间社团起着至关重要的作用，即便是在租界林立的上海也不例外。杜月笙与青帮、恒社以及中国红十字会的关系，都充分说明民间社团在和平时期有维护社会稳定的功能；到了战争时代，则有募集钱物、团结民众和一致对外的作用。

第三，回顾历史，是为了面向未来。但所谓历史，必须真实、可信，绝不能虚构、伪造。杜月笙的经历告诉我们，只要是人，包括由人组成的一切机构，都不可能完美无缺、不犯错误。犯错误不可怕，可怕的是把自己打扮成人间圣人、绝对正确。

第四，杜月笙认为：“沦陷时上海无正义，（抗战）胜利后上海无公道。”他还说：“人活在世上要靠两样东西，胆识和智慧。”因此，为了社会的正义和公道，每一个人都应该扪心自问：“面对这样一个时代，我有没有胆识和智慧？”

（2011年7月17日《南方都市报》）

民国的慈善老账本何以引人关注

房清江

近日，北京杂项收藏家孙文雄在整理文献资料时，发现3本民国时期不同慈善组织赈灾的财务账本，记录了每笔捐款的捐入和使用详情。其中一本中的杂费支出写有“扁担13块9毛5分，笊篱2毛，洋锁3毛”等款项，细枝末节都一一记录。（《新京报》10月23日）

在很多人的印象中，民国是乱世，政令也好，慈善也罢，缺少相应健全的社会法制作支撑，公共秩序没有应有的保障。然而，就某些事来说，不尽然都是想象中那般差劲。诸如，这两本慈善机构的“征信录”和一本名为“从善如流”的小册子，记录了民国时期华人慈善组织，在国内外救助灾民的情况。

账本记载，在捐赠方面，大到富人的一千元，小到普通人的一毛钱都有相应记录；而在支出上，列有“扁担13块9毛5分，笊篱2毛，洋锁3毛”等款项，如此细枝末节都一一列入。细致的记录，当然是用来接受监督，使自身足以被众人信任，进而能募集更多善款。

查阅资料可知，1929年国民政府正式公布的《监督慈善团体法》，成了近代中国第一部有关慈善事业的基本法。而从报道看，这本“从善如流”的小册子自1921年已严格记录相关内容。可见，彼时对慈善组织没有严格的监管规定，或解读为出自自我严格的约束，或视作遵守慈善事业的基本伦理，总之，慈善机构力求透明的操守体现在了这些留给后人的小册子上。

但凡能引人关注的东西，大抵都是眼下稀缺的元素。去年，网上曝光民国孩子的作文，曾引起了国人对当下孩子语文教育的思考。而如今，民国慈善老账本现身，在慈善事业频频发生引人质疑事件的背景下，拷问的恰恰是慈善的本质。

跳出历史看问题，慈善老账本抽象出来的是做慈善的基本原理，即秉承济世助弱情怀的同时，须平等对待每一份慈善的热心，以及须保证公众对慈善的信任。无论时代如何变化，慈善的责任和道义和支撑慈善运作的原理，都不会改变。

慈善老账本出现在那个兵荒马乱、条件落后的时代；彼时慈善在艰辛中前行，依靠的更多是道义上的自觉与操守上的自律。而当下无论技术条件还是经济，都已不可同日而语，相反慈善却饱受前所未有的信任危机。抚今追昔，或许感叹的正是道义与自律的失守。

（2011年10月24日《东方早报》）

经 济

馒头中隐藏的税金

梁发芾

近日有关“馒头税”的报道引起人们的热议。我特意看了看有关新闻后面的网友留言，很多网友对于自己常吃的馒头中竟然含有税收颇为惊讶。看来，不少人对消费品的税收并不了解。

馒头中的税，主要是增值税，但也可能有营业税，按照山东国税局的人说，消费者负担的税金可能是价格的4%左右。这些税并不是税务局挨家挨户向吃馒头的人收取，而是分别向加工和出售面粉的、向加工和出售馒头的厂家与商家征收，厂家与商家再将税收分摊到每个馒头的价格中，由买馒头的人最终埋单。买馒头的人只知道这是馒头的价格，不知其中一部分其实是税收。

像馒头中的税金这样隐含在价格中，人们并不知道自己税负的税种，税收学上叫作间接税，而民间一般叫作“暗税”。之所以叫作“暗税”，是因为这些税收不是由真正负担税收的消费者直接缴纳的，而是由生产商品的厂家或商家代为缴纳，然后将它隐含在价格中，消费者不明就里，所以叫作暗税。

间接税暗含在价格中，纳税者懵懵懂懂地纳税，没有痛苦。这一点，100年前意大利的财政学家普维亚尼早就注意到了。普维亚尼认为，统治阶级总会千方百计从被统治阶级或被统治集团那里强索资金，为达到这个目标，统治集团总是尽力创造财政幻觉，这种幻觉使纳税人觉得所承受的负担比实际的负担要轻。

普维亚尼所说的财政幻觉中，征收间接税赫然在列。这一点，历史上的征税者都是了然于心的。唐朝安史之乱后，王朝财政陷入困境，一个叫作刘宴的官员进行财政改革，向食盐加税，原本一斤卖10文的食盐，加上税，就变成了110文。当然，盐税不是直接向吃盐的老百姓收取的，而是向大盐商收取的。人们或许认为是商人在漫天要价，没有想到是政府加了税。

唐王朝利用盐税渡过了财政危机，刘宴觉得自己很了不起，得意地说："民不加赋而国用足"，意思是没有给老百姓增加赋税，国家的财政需要得到满足，等于是创造了奇迹。其实他在吹牛。不管盐税是向盐商征收还是向老百姓征收，这些负担最后全部落到食盐消费者的头上，不过他们不大清楚而已。

间接税税制下，消费者不但不知道自己缴纳了多少税，而且也没有纳税人的名分。在《税收征管法》中，实际上负担税负，却不是直接去税务局纳税的消费者，而是被叫作"负税人"，而代你纳税的商家厂家则被叫作"纳税人"。《税收征管法》中规定的纳税人的几项权利，比如知情权之类，与"负税人"无关。在实际生活中，因为"负税人"不是《税收征管法》上所说的"纳税人"，他们的一些权利也是没有保障的。

近日北京等大城市制定严格的住房政策，规定外地人不许买房，除非有纳税5年的证明。纳税5年的证明，指的是连续5年缴纳个税的证明。如果没有缴纳直接税的证明，那么，不管你在北京消费掉多少馒头和其他商品，不管你为馒头和其他消费品缴纳了多少税金，都是不可能取得买房资格的。

隐含在商品中的间接税，不但让实际纳税的人没有纳税人的名分和权利，而且，这种税收是累退的。所谓累退，意思是一个人的纳税额占其收入的比例，随着收入的增加而下降。

税收的原则是公平负担，量能负担，但是，间接税的累退性则表明，负担能力低的人反而有更高的税负率。间接税的不公平，颇有人们所说的"杀贫济富"的嫌疑。

间接税有如此之多的弊端，因此发达国家都选择直接税而不是以间接税为主要税种。直接税（如所得税、车船税）是直接向你要钱，你又无法转嫁，其税收痛苦刺激和强化了纳税人意识和纳税人权利意识，人们对于政府如何收钱、如何花钱十分在意，他们常常理直气壮地批评政府滥用纳税人的钱，受到这种质疑和斥责的政府官员无不诚惶诚恐。显然，一国采取以间接税为主还是以直接税为主的税制，是大有讲究的。

（2011年2月26日《新快报》）

政府要做的就是少从家庭部门刮钱

谢国忠

中国在过去十年内经历了GDP两位数字的增长，去年更是一跃成为世界第二大经济体。这值得庆贺。但是，中国国内却是一片忧心忡忡。除了一些通常的担忧因素，诸如收入分配、房价、环境恶化、食品安全危机、医疗卫生的安全性以及高昂的医疗费用、教育成本迅速上涨，还有备受关注的通胀问题。

这一长串问题反映了中国增长模式的特点。通过灵活多样的激励机制“招商引资”，是中国发展模式的核心。拉动固定资产投资短期内可以对GDP产生巨大的影响。但是，这种模式削弱了家庭的消费能力。当投资完成以后，国内需求却不足以支持这种投资。因此，出口成了支持这种“招商引资”模式的关键。

投资模式导致了众多的政治和经济问题。比如，日益加剧的收入不平等和房地产泡沫就是两个最明显的后果。为了给更多的投资进行融资，政府必须不断增加收入。通过税收、收费和房地产销售，地方政府增加了收入，但却削减了家庭的收入与购买力。地方政府实际上就像站在一台无法停止的跑步机上，需要不断增加收入，为更多的固定资产投资筹集资金。因此，地方政府需要土地价格不断上涨，从而导致了全国大范围的房地产泡沫。

投融资的紧迫性，降低了政府为诸如教育和医疗卫生等经常性支出融资的意愿或能力。腐败渗透到了教育和医疗行业，从而造成了家庭在这两个关键方面无法预测的支出和花费。这种不可预测性造成了家庭的恐惧，抑制了消费。

地方政府把GDP和财政收入放在了产品安全的前面。当问题发生，地方政府就会受到保证GDP增长数字的驱动而保护问题企业。即使产品存在巨大缺陷，企业也很少会被关闭。企业之所以会主动冒险，就是因为损失极为有限。中国的政治激励其实是和产品安全相悖的。

通货膨胀是这种模式最新的后果。除了收入，地方政府一直在最大化借贷，来进行超额固定资产投资。这推动了过去几年货币的巨额增长，从而导致了今天的通胀。

出口模式途穷难返

中国的出口在过去10年内以每年20%的速度增长，从2490亿美元增加到了1.579万亿美元。巨额的出口增长是维持投资热潮的主要因素。中国的家庭消费与GDP总量之比从两年前的55%下降到了现在的1/3。其下降力度无法支持过去10年的消费热潮。而出口收入就不同了。因此，中国模式需要依赖全球出口需求。

如果发达国家经济不增长，中国的出口就无法维持过去的高速增长。例如，如果中国的出口增长在最近十年放缓到每年10%，那么投资增长率就要下调一半才能与之匹配。

中国已经准备好了面对未来出口增长明显放缓的可能性。除了追求量的增长，中国还应该致力于提高出口价格。这种战略很有可能起作用。其他发展中国家没有发达的基础设施来取代中国世界工厂的地位。因此，中国可以实现价格提升。

没有地方政府会欢迎提价策略，因为这可能会导致生产转移到中国其他地方。中央政府可以在这方面发挥协调作用。关键是要取消地方政府补贴出口生产的权力，例如，规范工业用地价格和税收优惠政策。

减税收、增利率、降房价

近十年来，中央政府一直表示，希望让经济转向以消费为导向，实现经济再平衡。家庭消费在新兴经济体国家通常会占到GDP总量的50%。中国的情况太极端了，不可能轻松调整。中国必须制定目标，使消费占GDP的比重每年增加一个百分点。关键在于增加家庭收入在经济中所占的份额，降低大项目（如住房、教育、医疗等）的价格。为了实现这个目标，政府必须立即进行以下三项转变：

——政府应该把个人所得税最高边际税率从45%削减到25%。较高的个人所得税通常是为了实现财富从高收入人群到低收入人群的再分配。但是，中国的高税收负担主要落在了中产阶级白领身上。中国高收入人群根本不怎么缴税。他们可以拥有自己的企业，来负担其个人开销。他们的个人所得税率就等于企业所得税率，也就是25%。这就是中国个人所得税税收收入如此低的原因。过高的税率只会削减新兴中产阶级的消费能力。不降低税率，促进消费只能是空谈。

并且，中国应将增值税率从17%下调到12%。在中国，增值税就是消费税。17%是世界最高的此类税率。高消费税与投资最大化模式是一致的，都把收入从家庭转移到了政府。如果政府真的希望改变发展模式，增值税就要降到合理的水平才能鼓励消费。

——政府应当立即通过把储蓄利率提高两个百分点的方式，消除负实际利率。负实际利率将金钱从储户手里转移到了借贷人手中。跟其他国家一样，中国的中产阶级都是储户，而国有行业和企业都是借贷者。负实际利率就是一种中产阶级税。这对经济发展不利，而且极不公平。

在经济理论中，利率等于人均收入增长率。其他经济体（如日本、韩国和中国台湾）在经历高增长率时，其利率接近人均收入增长率。这样可以防止泡沫的形成，让储户分享经济发展的成果。过去八年，中国年名义人均收入增长率大约为19%。在高增长时期，中国存款利率几乎为零。中国家庭存款占到了GDP总量的大约80%。这样就少付了储户相当于超过GDP 13%的利率，2010年约为5万亿元人民币，这是国有企业全部利润的2.5倍。没有任何其他国家对待储户像中国这么糟糕。

由于中国国有行业是最大的借贷方，所以中国把利率调整到公平的水平将是不可想象的。政府至少应该做到的就是消除负实际利率。这至少不会把钱从储户手里拿走。中国的税率政策不应该是一种把钱从中产阶级手中抢到富人和权贵手里的抢劫行为。

——中国应把房价调低到全球平均水平，也就是每平方米的价格不应该超过两个月的税后收入。政府已经讨论了三年房产价格降温，但却几乎没有任何效果。市场最终冷却了下来，但这是因为通胀迫使货币政策从紧。但是，房产价格还是太高了。降温不足以使之成为中产阶级的产品。房地产最多只是有灰色收入的人以及投机者的产品罢了。

当前的共识是要建设经济适用房来减少社会不满情绪。即使这项策略成功了，也难以促进社会和谐。中产阶级应该能够买得起商品市场上的房子。如果负担不起，中产阶级就不是真正的中产阶级。如果一个以各种标准评判都很成功的白领，在工作10年之后仍然买不起房子，那么这个市场和经济就真的出了问题。

很多人争论说房价是市场现象，政府干预无法起作用。这种论调是不正确的。政府拥有所有土地，在理论上代表全体人民。土地成本和税收占了全部售价的一半以上。中国房地产市场是政府的产物，而不是自由市场的产物。

控制房价的一种简单方法就是控制投机。当前的需求被投机需求放大了。负实际利率就是推手。不过，高资本收益税将把投机需求维持在很高的水平。政府应该征收50%—90%的资本收益税，而不是征收房产税，来控制投机。这能够直接针对炒房者，而不会影响最终的房屋使用者。为什么执行就那么难呢？

医疗和教育改革

中国是一个社会主义国家。医疗和教育应该是人民可以负担得起的。但事实上，医疗体系的不确定性给人们带来了恐惧和担忧。人们永远无法知道会花多少钱。实际上，如果一个人患了重病，那么他的家人就只能任由医院摆布了。正是这种担忧吓得人们不敢再花钱。

政府控制的系统并没有为人民服务。我怀疑国有制度内的改革将是不够的。最好是能引入竞争机制。应该允许私人资本进入这一领域。当政府控制不起作用，我们应该给市场一个机会。

中国教育体系比医疗体系情况要好，但仍然非常昂贵。教育支出不是来自学费、书费等这些正式项目。其他非正式项目的花费要高得多。20年前中国的教育体系是真正的英才教育。然而此后它在错误的方向上发展至今。学校和教师常常会卖人情。穷人家的孩子在学校里属于弱势群体。

近期，在高校招生上有一些创新。我担心，无论这些改革在理论上听起来有多好，偏离严格标准化入学考试只会给不公平开后门。恐怕一些改革的建议实际上也就是为了实现这一目的。如果中国的大学录取受制于金钱和关系，那么人民也就被剥夺了子女前途的最后希望。

经济再平衡很容易，政府要做的就是少从家庭部门刮钱。如果当前的体系无法很快做到这点，中国可能在未来10年内经历滞胀，国家稳定可能会受到威胁。

（2011年3月14日《新世纪》周刊）

限购是一种权利让渡

《经济观察报》社论

也许“限”仍将是2011年最热门的中文字之一。限行已是常态，北京又开始限制外地人买车；十多个城市宣布继续商品房限购，还有一些城市将在今年加入这一行列；如果通胀延续，不知道还会不会出台其他的限制买卖或者限价措施。

买与卖，是市场的基本交易行为。买什么不买什么，公众应该有自由选择权，如北京大学周其仁教授所说，这是老百姓很基本的权利。为什么这样一项基本权利，如今却“限”字当头？一个“限”字，限制了老百姓生活的便利程度，人为打压了各项正常需求。而与被限制的百姓权利对应的，往往是放大了的公权力。如果限是一种不得已的安排，为什么老百姓在这些问题上从来都少有发言和决定的权利？

拉开视线看，一些限制性政策出台，有其历史缘由。中国改革开放之初，邓小平曾经说，当前社会的主要矛盾，是老百姓日益增长的物质文化生活需要与落后的生产力之间的矛盾。当时物质匮乏，自然不得不限，各种票证，是那一段历史的明证。

30多年过去，这个主要矛盾的内涵发生了极大变化。不用说，当前社会物质生产领域的生产力已经相当先进。譬如，汽车等多种商品就越来越好，也越来越廉价。但汽车多了，路却不好走了。在类似于道路这样的公共服务产品的提供上，生产力显然还是落后的。于是，民众乘着物质文明的快车大步向前时，公共服务这个驱动轮却频频掉链子、拖后腿。

对于住房政策，似乎也可以做同样的检省。住房商品化，一度将保障性住房挤到了边缘，结果，老百姓倾其所有就是为了获得安身之地，老人为了儿女则不惜拿出一生积蓄。商品房价格这么涨，当然有炒作的因素，但如果老百姓看不到公共品提供者的身影，迟早都会咬紧牙关奔着商品房去。

政府部门看到了车辆激增导致的城市拥堵，商品房价格猛涨影响了民生乃至社会稳定，有时候却不太容易看到自己应该承担的责任。不让你买，就成了最直接有效的选择，因此就会重拾限制政策。限行、限买房、限买车，一概按方抓药，一限了之。虽无票证，效果却是一样。

不过历史早已证明，被抑制的需求不会从此消失无踪。一味地抑制需求，却不能通过提高生产力释放需求，迟早都会出问题。当前民众对各种“限”采取了宽容的态度，究其根本，是因为还有一种期待，希望以时间换空间。比如说，城市规划布局改变了，道路交通环境好转了，也许限车就不是问题了；如果保障房进度跟上来了，很多人就不需要排着队去买商品房了。

所以我们必须看到，老百姓暂时放弃自己的基本权利，将其让渡给政府，愿意承受某种限制，是有条件的。这种放弃只是为了政府部门能够有时间提供更好的公平品，这种放弃是与未来的某种获得相对应的。政府官员应该视这种放弃为莫大的责任，因为老百姓以这种方式托付了更大的使命给政府，官员们岂可不察？

也正因为如此，这种让渡一定意味着公开的讨论和某种程序性安排，意味着某种经讨论而形成的契约关系，这是官与民在面对公共利益时经协商与沟通而达成的一致。而在过去一年中可见的案例中，这样的沟通与协商少而又少，甚至没有人在意其程序是否合规，这是值得我们关注的。

尤其是，因为打破了公权力与私权力的合理边界，这种让渡一定是临时性和非常态的。这种让渡不是公权力的正当延伸，官方不能以公共利益为由强求老百姓让渡自身权利，也不能以种种理由固化这种让渡。如果这种让渡成为常态，则公权力越界就成为理所应当。而与权力边界的模糊相随的，一定是对政府权力监督和限制的缺位，最终就可能出现对民众权利的损害。

（2011年1月24日《经济观察报》）

超市的进场费推高商品价格了吗?

王志安

国内媒体的记者，最大的问题是缺少必要的专业知识和分析方法。在报道专业新闻的时候，常常犯一些最初级的错误。继前一阶段许多媒体将菜价的居高不下归因于中间环节之后，央视《经济半小时》栏目再次聚焦超市的进场费问题，这一次，错得更加离谱。

所谓进场费，指的是超市在供货商的某种商品进入超市之前，首先要交纳的一笔费用。节目中的采访显示，供货商对这笔费用怨声载道，这完全可以理解。因为商品还没有开卖，就要先交一笔不小的费用，万一商品滞销，损失是双倍的。表面上看，如果超市不收这笔费用，商品的价格似乎可以降低，惠及消费者和供应商。但非常不幸，这是一种朴素的错误观念。

事实上，进场费原本就是超市应该从供货商那里赚得的，而不是从消费者身上“榨取”的。超市的进场费仅仅是收费方式不同而已，超市可以压低进货价格，也可以通过收取一笔进场费预先获得一笔收入，只要是充分竞争的市场，收费方式和暴利根本无关。即便超市取消了进场费的方式，也会通过其他方式收取这笔费用，这笔钱既省不到供货商那里，也省不到消费者的腰包。如果进场费是超市获取的额外利润，那在财务报表上完全可以显示。目前内资的物美超市，外资的沃尔玛、家乐福超市都是上市公司，从它们的财务报表上看，这些公司的毛利率并不高，家乐福甚至由于在中国的某些终端持续亏损，已经开始关闭一些连锁店。需要提醒的是，商业领域内形成的各种规制多数都是有充分理由，外行如果不仔细研究和分析，错的几率相当大。

铅笔社的网友江小鱼在分析超市的进场费问题时提供了另一个精彩视角，他说：“把超市和供应商当作两个人，供应商是雇佣超市，进场费是基本工资，货物销售赚的差价是提成。这有什么奇怪的吗？现实雇佣关系中，有只发基本工资的，比如文员；有只发提成的，比如业务员；也有两个都发的。不同情况，不同合约选择而已。”的确，在现实当中，超市和供应商的合约有许多种，苏宁和国美主要采取的就是场租方式，而零散的小商品多数都是采取进场费加销售返点的方式，这是市场在合作过程中自发形成的不同商业模式。大型商超对于进驻商家的价值在于商超吸引的客流，收费无可厚非，收费方式、收费标准是否合理，市场自会决定。

如果我们意识到进场费是超市的合理收入，那接下来的问题就是，为什么超市把原本可以一笔收取的返点利润，分成进场费和返点利润两笔？市场形成这样的商业模式道理何在？

超市本质上经营的是货柜，货柜的收入高于场租和管理成本就盈利，低于就亏损。目前像沃尔玛这样的超市巨头，可以测算出每件商品在货柜上的停留时间，在一定时间里某件商品的停留时间超过期限，就会被清货下架。因为虽然商品卖出能获得收入，但如果达不到单位货柜的平均利润值，总体测算依然亏本。但在现实当中，超市在允许某件商品上架之前，虽然有对其的前期评估，但毕竟还需要市场的检验。也就是说，一件商品是否能够达到单位货柜的平均利润，需要一定的观察期。这时，进场费就相当于一笔供货商的保证金，如果在一定时间内某件商品无法达到超市的销售要求，超市依然可以保证自己的利润水平。

这样的游戏规则，意味着超市把部分经营风险转嫁给了供货商，这公平吗？只要是充分竞争的市场，无论供货商和超市之间怎样进行利润分配，就都是公平的。对超市而言，它仅仅是一个渠道提供商，在还没有卖任何商品的时候，就必须预先支付场租、人工成本以及管理费用，一旦某些商品进货判断错误，经营风险巨大。在进货渠道要求供应商分担一部分风险完全可以理解。对于供应商来讲，没人强迫他们一定把商品送到超市里去卖，他们可以自己组建销售渠道，网上销售，或者建设直营店。将商品直接供货给超市，也大大降低了自己的经营风险。预交一部分保证金，也是对自己提供的商品竞争力的体现。这原本是一个双赢的选择，但媒体却将之妖魔化为商品价格高昂的罪魁。

事实上，超市将销售返点看作前台利润，将进场费看作后台利润，两笔费用分开收，也有利于超市在两者之间进行交叉补贴。去超市购物的人可以发现，超市会定期开展一些商品的促销活动，促销的价格可以非常低，如果没有后台利润的支持，这样的促销很难完成。而这样的促销，真正受惠的恰恰是消费者。所以准确地讲，进场费的收取，消费者也是受益对象。

如果政府强行干预，规定超市不允许从供货商那里收取进场费，结果会怎样？一个直接的后果是，超市的经营风险变大了。他们可能采取的策略有二：一是商品的销售价格不变，但进货价大大低于原先。二是进货价适当降低，销售价适当提高。总而言之，在市场上，销售风险是需要有人埋单的。不是消费者，就是超市，或者是厂家。超市作为渠道商，必定要把一部分销售风险预先转嫁。而一个好的商业模式，一定是产业链上彼此合作对象之间能够共同分担风险。进场费，正是市场的竞争过程中逐渐摸索出来的风险共担的合作机制之一。指责市场错误的媒体，真正的悲剧在于，是他们错得一塌糊涂，自己却毫无自知，还试图扮演救世主的角色！

（2011年5月16日《南方都市报》）

三大红利衰减倒逼中国转型

张茉楠

30多年来中国长期持续的高增长，主要得益于“要素红利、市场化改革红利和全球化红利”的巨大贡献。然而随着这三大红利的逐步衰减，中国主要依靠低成本优势的超高速增长逐渐回归常态，“大进大出”式的循环发展模式也似乎走到了尽头。2011年是中国新的“五年计划”的开端，也是中国经济转型的岔路口，中国新的增长源泉会在哪里，还有哪些优势可以挖掘，的确是摆在我们面前最重大的战略性议题。

过去30多年改革期间，劳动力优势是催生中国出口导向模式的主要原因，较低的劳动力价格和特定的经济制度，导致产出分配趋于悬殊，并衍生出高储蓄、低消费的结构特征。1978年的GDP中，储蓄率占38%，2007年的时候占到了51%。经济的高速增长得益于低劳动力成本、高储蓄、高投资、高资本形成。然而随着全球金融危机和供给冲击的影响，依靠人口红利、土地成本、能源成本和环境成本形成的所谓“投资成本洼地”效应逐步减弱，“低要素成本”时代一去不返，中国以往的国家盈利模式，在大多数要素价格上涨面前已经发出预警。

当前全球经济格局之变，让我们重新审视和调整未来的增长之路。从外部发展环境看，全球经济货币宽松、政府透支、结构失衡、美元走势、大宗商品价格、通缩通胀、资本流动等多种因素交织，这将使未来全球经济面临更为复杂的形势，特别是在主要发达经济体严重依赖政策刺激，并且没有有效跟进促进中期增长和长期结构调整后续政策的前提下，未来全球经济依旧难以摆脱低速增长的轨道，中国依旧会遭受来自外部的不断冲击和挑战。

但就危机带来的机遇而言，金融危机对于中国，除了经济结构的调整、发展引擎的转向，以及全球再平衡格局的形成以外，也来自全球经济和中国经济生态重建的过程中。这恰恰是中国发展战略的由外向内三个重大调整和转变的重要机遇期。

一是外延型经济增长向内涵型经济增长的转变。低成本时代渐行渐远，意味着中国过分依赖增加劳动、资本等生产要素投入的增长方式已经难以持续，中国需要通过产业结构升级、加速人力资本形成、技术进步以及制度化改革对经济增长的溢出作用，由粗放型的斯密增长向熊彼特式的内涵增长转变。

这里值得指出的是，对于“刘易斯”拐点所带来的“人口红利”衰减的问题，除了加大人力资本投资以提高人口素质，促进产业转移、结构优化和产业升级外，还应重视民工短缺的“制度缺陷”因素影响。城乡分割的二元体制障碍的存在，阻碍了劳动力的自由、合理流动，降低了劳动力的配置效率，最终影响了民工产业工人化、农民居民化、农村城镇化，最终也制约了产业结构优化调整的进程和规模。因此，破除劳动力流动中的制度性障碍，提高劳动力配置效率，健全和完善社会保障制度，改革劳动就业制度、户籍制度及地方行政管理体制，建立统一有效的劳动力市场，建立劳动力供求预警机制，都能在一定程度上防止类似民工短缺现象对社会经济的影响和冲击。提高劳动力资源配置效率，才能预防民工短缺等类似现象的出现和造成的冲击，并为产业结构的调整、优化、升级提供人力资源准备，促进产业结构与就业结构的良性互动。

二是由外向型经济增长向内需型经济增长转变。当前全球以需求和供给构造的世界分工体系正面临着国际收支体系巨大不平衡的困扰。全球失衡的系统中，“中国储蓄、美国消费”，美国成为中国的消费主体，中国成为美国的储蓄主体，本应在本国内部实现的均衡发展在经济全球化的推动下，被按照各自的比较优势，将“生产、消费、投资”运行环节在全球范围内进行了重组。在这种情况下，生产与消费的矛盾就通过全球化体系表现为顺差国与逆差国（资本输入国与资本输出国）之间的矛盾，一国的内部失衡也就表现为各自的对外失衡。

而今，中国作为世界经济的主要供给方，正面临着外部需求不足的市场萎缩；而依靠消费信贷缓解经济矛盾的发达国家，也因债务导致过度消费模式难以为继，中国经济的外部需求约束会进一步显现，这种趋势会倒逼中国发展驱动转向内需，现在由中国生产，美国消费变成由中国自己消费来替代出口，替代美国消费！这实际是发达国家的消费权部分让渡给发展中国家。

三是由主要依赖国际资本向培育壮大本土资本转变。应该说，国际资本集聚能力的形成和大量国际资本在中国的使用，是中国加速工业化、市场化进程，迅速融入全球经济的重要原因。30多年前开始的对外开放，是从劳动密集型产品的加工贸易、外资引进、资源开发、补偿贸易等方式开始的。这些方式是从当时中国低发展水平出发，现实可行和最具效率的战略选择。也正是当时中国缺乏资本、先进技术和融入全球经济的能力的阶段性特征，决定了中国走上了以本国低级要素吸引外国高级资本要素的道路，然而这也决定了在国际资本流动的利益分配上，高端资本发达国家可以通过资本输出、通过直接投资和间接投资获得大部分利益。

一国的经济发展，归根结底取决于本国的资本积累能力和资源使用效率，依靠外来资本集聚来支撑工业化进程的格局是不能持久的。今天中国在全球金融中的权重越来越大，拥有90.6万亿元人民币的银行业金融机构境内本外币资产、2.64万亿美元的外汇储备的庞大资本规模，然而当前中国资本“量大质低”已经成为我国改革开放格局中的重大考验，如何将资本优势转换为经济优势，实现资本战略的重大转型，将对未来中国金融崛起具有重要战略意义。

（2011年3月4日《上海商报》）

“温州之殇”的制度反思

马光远

最近，围绕温州民间借贷和中小企业困局的诸多争议在坊间持续升温，而官方的灭火行动也在争议声中渐次展开：国庆长假期间，国务院总理温家宝偕央行行长周小川、财政部部长谢旭人等财经官员专程赴温州调研，探求化解温州民间借贷可能引发的崩盘风险以及中小企业的生存之道。种种迹象表明，在出现高利贷资金链可能断裂，200余名中小企业主“跑路”，一些企业主因无法偿债“跳楼”的风波之后，防止民间借贷崩盘和解救中小企业政策的接力棒终于回到了官方的手中。

但是，对于温州民间借贷引发的危机以及由此引发的救助活动，社会颇有非议。主流的观点认为，温州今天的危机完全是脱离实体经济，大搞投机炒作之风和玩高利贷崩盘的咎由自取，对于这样的行为，如果拿全国人民的税收去拯救，无疑是对这种炒作行为的激励，会引发大规模的道德风险和逆向选择。很显然，这种担心并非没有道理，如果从“温州模式”的前世今生以及产生危机的体制根源看，温州今天之祸，绝非投机炒作那么简单，而是金融抑制、改革倒退和实业生态恶劣等一系列制度因素引发的结果。

20世纪70年代初，美国著名经济学家罗纳德·麦金农和爱德华·肖提出“金融抑制”理论之后，一时风靡全球，成为解释发展中国家经济增长与金融发展关系的最重要的理论。而所谓“金融抑制”一般是指一国金融体系不健全，金融市场的作用未能充分发挥，政府对金融实行过分干预和管制政策，人为地决定利率和汇率并强制信贷配给，造成金融业的落后和缺乏效率，金融与经济之间陷入一种相互制约的恶性循环状态。麦金农和肖提出的这种金融抑制假说和市场分割假说揭示了民间借贷在发展中国家产生的体制性根源，正是因为金融抑制的存在使得部分经济主体的融资需求无法从正规金融渠道获得满足，民间借贷由此应运而生。

由于金融抑制的长期存在，民间金融不仅成为我国民营经济的主要资金供应者，而且成为改革开放30多年中国财富增长的主要推动力量之一。但与此形成鲜明对照的是，中国整个金融体系对资金的供应却呈现相反的扭曲状态：对经济增长贡献不到40%的国有经济部分，获得的贷款资源却占金融机构贷款总量的70%以上，而对国民财富贡献高达62%的非国有经济，只能从主流金融机构拿到不到30%的贷款。就此而言，可以说，如果没有民间借贷等地下金融的发展，非国有经济很难想象能有今天的发展。

数据说明，中国的主流金融机构将大量的信贷资源给了大企业和国有部门，但其创造的财富和其占有的资源之间明显不成比例；而身份尴尬的民间金融，反而成为中国财富增长的最主要的金融动力。学者辜胜阻在温州市的调查也表明，中小企业能够从银行等主流的金融机构获得贷款的比例只有10%左右，80%以上依靠民间借贷生存。国内外学者估计，目前中国民间借贷的借款总量占全部信贷总量的33%—45%。如果说，前几年我们用巨额财政挽救国有金融机构用的全是纳税人的钱，但这些金融机构本身事实上对中国经济增长的贡献远远落后于民间金融，就此而言，我们可以救低效率的国有金融机构，为什么就不能救对中国经济作出巨大贡献的民间金融？

既然民间借贷已经成为中国金融生态中长期存在的事实，为什么今天的民间借贷却蕴藏着如此巨大的风险？今年民间借贷之所以异常疯狂，一些利率高达180%以上，关键原因在于实体经济萎靡的情况下，整个经济弥漫的浮躁和炒作之风放大了民间借贷的风险，使得民间借贷超越了安全边界而出现了高利贷化、全民化的危险倾向。其一，大量的民间借贷流向了房地产等投资领域，在房价疯涨的情况下，资金链貌似很坚固，但一旦房价下跌，依靠高利贷维系的资金链就会立即面临断裂的风险。其二，民间借贷高利贷化，民间借贷长期处于灰色地带，缺乏主流制度的关怀和监管，一旦主流机构的资金链收紧，民间借贷高利贷化的趋势就会非常明显。很多学者调研，今年不仅在温州，在全国很多地方，民间借贷高利贷化的趋势非常明显，最高的利率甚至达到了年化率360%，即使拿去贩毒，也未必可以赚回如此高的利息。其三，中小企业也卷入了以钱炒钱的财富游戏。在民间借贷的利率不断创新高的情况下，中小企业通过民间借贷获得的资金投资实业只能是亏损，一些中小企业只能将获得的民间借贷资金再次高利贷出去，以钱炒钱，成倍放大了风险，使得以前主要为民营经济输血的民间借贷逐渐脱离了实业，成为了以钱炒钱的击鼓传花式的赌博和游戏。如果说金融抑制是滋生高利贷的土壤的话，中小企业产业空心化和投资炒作无疑成了随时可能爆炸的地雷。

笔者之前曾在专栏文章里写过，从中国财富的源泉而论，垄断、资源、金融和房地产已经成为现在中国企业最主要的利润来源，中国经济事实上已经出现了笔者所担心的新“四化”现象：资源垄断化、产业空心化、投资虚拟化和经济沙漠化。这“四化”可谓中国经济目前最真实的写照，也是中国“财富性质和原因”最直观的反映。

中国经济之所以出现了可怕的“四化”现象，最根本的原因是各个层面的改革不彻底甚至出现倒退：经济领域改革不彻底，导致垄断横行，低效率的国企成为各种政策资源的优先占有者，阻碍了资源自由流入民营经济；政治体制改革的滞后，导致在中国出现了各种各样的利益集团，在利益固化的同时，这些利益集团开始通过“院外游说”左右国家的经济政策，使得经济政策成为利益集团牟利的工具，他们反对改革，设立很多审批程序层层寻租，中国企业做实业的环境已经到了改革开放以来最差的时候。

这种体制上的弊端导致的直接后果是，在经济领域一个典型的表现就是房地产泡沫的蔓延，民间资本、国有资本和外资都争先恐后进入房地产业，在房价暴涨的情况下，进入房地产一个月的收益远高于辛辛苦苦做实业一年的收益，做实业成了最没出息的选择。在国外，很多知名的企业家如通用的韦尔奇、英特尔的格罗夫、苹果的乔布斯，很少有离开实业而进入资本市场的。看看福布斯和财富500强的企业，也鲜有房地产和纯粹搞资本运作的。而在时下的中国，很多有为的企业家却因为种种原因离开实业去玩资本，玩地产，笔者认为，这种现象是中国经济之大不幸。

毫无疑问，改革开放30多年的历史表明，“温州模式”在我国制度变迁和经济模式转变中一直发挥着非常重要的影响和极其广泛的示范作用，在温州自发生成的民间金融对于中国经济的发展影响深远，它也是温州市场经济的制度演进中自发形成的独特的生存模式。我们不能因为今天温州的危机而否定温州，甚至将所有的板子和污水全打向和泼向温州。

温州危机的爆发，本质上是改革不彻底导致金融扭曲和实业萎靡导致的结果。因此，现在的关键并不是温州该不该救的问题，而是中国如何以温州为戒，并以本次危机为契机，思考制度性的救助方案，这无论对于温州，还是对中国经济，都是一次刮骨疗毒的魄力之举。

（2011年10月31日《经济观察报》）

“看得见的”与“看不见的”

薛兆丰

法国经济学家巴斯夏（Claude Frédéric Bastiat，1801.6.30—1850.12.24）在1850年发表的名文《看得见的和看不见的》（*What Is Seen And What Is Not Seen*），分12小节，译成中文3.5万字，在网上容易找到，是我连教四次“法律经济学”课程，次次都指定为第一篇必读的文章。它是经济学思维区别于其他思维的根基。

巴斯夏写道：“好经济学家与坏经济学家的区别只有一点：坏经济学家只能看到可以看得见的后果，而好经济学家却能同时权衡可以看得见的后果和通过推测得到的后果。”全篇文章的主旨，是说任何选择必有“成本”，即“放弃了的最有价值的机会”；我们不能只看到容易看到的“得”，还必须尽力去看到不容易看到甚至无法看到的“失”。

作者详细讨论了多种广为流传的错误观念，包括主张政府刺激经济、扶持文艺、扩张公共工程的观点，为防止失业而抵制机器和反对军人退伍的主张，认为中间商剥削了消费者的仇商情绪等。遗憾的是，巴斯夏讨论的每一种谬见，都仍大行其道。我想，这是大部分人从未接触过经济学，而即使学过的也都远远没有把基础概念嚼碎、消化、吸收的缘故。

据报道，日本发生地震后，社会保持良好秩序；尽管货架上的日用品日渐匮乏，门外轮候的人龙也越来越长，但超市依然没有提价。许多人于是觉得经济学规律错了。他们说，在危机到来的时候，不仅应该鼓励“不提价”，而且应该谴责甚至动用法律来禁止“提价”，因为提价就是趁火打劫和发国难财。这些观点，恰恰是巴斯夏指的，只看到了“看得见的”，而没有看到“看不见的”的表现。

人们一眼就能看得见的，是灾民在队伍中保持秩序，是没有改变的价格牌，是灾民并未因为突发灾难而增加货币负担，是超市并未通过提价来增加收入；可是，不容易看到的，甚至是永远看不到的，是空空货架所预示的极度飙升的真实价格，是灾民暴露在受到核污染的风尘中的时间增加了，是灾民本来可以用来做其他更急迫的事情的时间和精力减少了，是商人在灾区所必须付出的成本增加了，而最为人所忽视的，是供应减少了！

在危机发生时，人们为了防备不测，对物资的需求增加；同时，由于交通受阻，销售成本也增加了。这两方面的因素，都在同一个方向上推动了物价，那就是上升！这一上升，是已然的，是不以任何人的善意和行为为转移的。这时候，超市可以选择维持货品的名义价格，但那只是给灾区的顾客送礼，并可能增加顾客排队轮候的成本，而非改变货品的实际价格。

送礼值得钦佩。事实上，整个国家机器和相关的慈善团体，都迅速运转起来，尽力给灾民提供物资。除了极端的无政府主义者外，应该没人反对，这是政府和慈善团体在发挥它们应有的功能。但是，值得讨论的是，是否应该谴责甚至禁止其他道德没那么高尚的人，为了打平自己的成本甚至为了牟利而向灾民提供物资？

经济学人应该看清一般人不容易看到的一面，那就是，如果谴责或禁止提价，那么为了打平成本或牟利的供应行为就会减少甚至绝迹。那些坚持不提价的超市，可能因为无法维持而不得不减少进货；而其他本来会出现的商人，则永远留在了围观的人群里，不会站出来有所作为。那么，灾民连多花点钱来换取救命物资的机会都没有了，这“看不见的”损失，谁来负责？是那些坐在书斋里，自己不去行善，却要求别人只能行善而不准牟利的人。正确的立场应该是，既不反对政府救灾，也不反对私人行善，但反对“禁止提价”。

要知道，“禁止提价”本身就会导致匮乏。中国曾经有过极左的时期，把投机倒把和长途贩运都列为祸国殃民的重罪。恰恰是禁止投机倒把和长途贩运，激化了匮乏；但很多人却因果倒置，以为匮乏需要靠禁止投机倒把和长途贩运来缓解。历史经验是，那些果断解除所有物价管制的国家，如“二战”废墟上的联邦德国，迅速启动了供应的机器，货架很快就被填满；而长期禁止商贸和实施配给的国家，如民主德国和苏联，则每况愈下，积重难返。

有支持灾区限价的朋友说，限价可以稳定人心。这说不通。要知道，价格反映的是千千万万人在时刻调整的预期，歪曲价格只能误导和欺骗公众，并导致“需求者浪费”和“供应者囤积”的恶劣后果。要稳定人心，不能靠歪曲价格，只能靠充足供给。即使出现事后看来是不理智的哄抢，让价格浮动也还是能最有效地抑制哄抢，否则哄抢只会更加严重。政府和其他组织，大可努力增加供应，实实在在地把物资摆出来，以此来改变灾民的预期，而不是在没有做到的时候去歪曲公众的预期，去打击别人的牟利行为和自愿交易。

另外，每次灾难降临，无论是中国洪水、美国飓风或日本地震，都免不了有人会说，大面积的财物损坏和人员伤亡，对经济建设是有利的。这种观点源远流长，是混淆“存量”与“流量”之别的典型，是巴斯夏文章里第一节就剖释批判的“破窗理论”。

把退休老人的房子和存折烧了，的确会促使老人增加收入，因为他得去工作了。看得见的，是老人增加的收入流以及他的工作成果，但看不见的——而受过经济学基础训练的人应该看得清楚的——是老人（或说整个社会）的净损失，即老人本来可以自己享用或转让给别人的财富存量，以及本来可以用于其他活动的时间、精力和由此产生的成果。一时流量有增，多年存量覆没，可不是什么好事。

巴斯夏大文发表至今161年，还是有很多人，包括不少经济学者，不明白灾害为什么叫作灾害，不明白什么叫“无谓损失（dead weight loss）”，不明白“破坏、损坏和浪费都不能增加国民财富”的道理。其实，坦然地承认洪水、飓风和地震是灾害，不仅显示了正常的思维和反应，而且也不影响关于如何救灾重建的理性讨论。

（2011年3月21日《经济观察报》）

难以告别的金融危机

袁 剑

要更加准确地搜寻当下中国的历史行踪，一幅更加准确的历史地图是必备的。在这幅地图中，有两个较为恰切的历史坐标可以比照：1929年的美国与1989年的日本。虽然历史比较在方法上从来就是笨拙和令人沮丧的，但它仍然可以为我们提供一种对真实世界复杂性的理解，为当下中国找到更加准确的历史定位。

美国大萧条和中国

在1929年之前，美国经历了一个以自由放任为主要特征的资本主义黄金时代，美国人似乎更喜欢称之为镀金时代。在这个时期，工业狂飙突进，商业高度繁荣，白手起家的工商业巨子层出不穷。用美国总统柯立芝的话说，美国人民已达到了“人类历史上罕见的幸福境界”。然而，在这个镀金时代的另外一面，则是政治腐败、社会问题丛生，贫富差距急速拉大。也正是因为这一狂野面相，在诸多批评者的言说之中，镀金时代也被称之为大分化时期。这个内部包裹着各种剧烈冲突的镀金时代，终于随着1921年到1929年之间持续膨胀的信贷泡沫破裂而戛然而止。随之而来的，是一次令所有人都刻骨铭心的大萧条。

深入历史的细节之中，我们容易察觉，美国的镀金时代与中国过去的30多年有一些惊人的相似之处。在过去的30多年之中，中国创造了令人叹为观止的经济增长，社会财富急速膨胀。但与这个奇迹同时发生的却是同样令人惊叹的官员腐败、社会失信、环境污染等问题。而在财富分配上，中国也从毛泽东时代的高度平均一跃进入全球最不平均之列，其程度与美国的镀金时代相比毫不逊色。

经济的高速增长与社会的急剧分化经常是一对孪生兄弟。其隐含的意义是，经济及社会内部蕴含着巨大的冲突能量和高度的紧张。以这样一种视角理解，美国的大萧条就不再单单只是一次危机，而是人类理性精神对动物精神在经济上和商业上的一次彻底的自我清算。作为一场大型危机，这种自我清算和自我调整同样也是政治和社会意义上的。这其实就是尾随而至的罗斯福新政的真正内涵，或者更加准确地说，罗斯福新政是美国资本主义对新的全球环境和内部环境的一种适应和调整过程。毫无疑问，这种适应并不总是成功的，其最终的结局总是充满了无法加以分辨的历史偶然。幸运的是，经过长时间的痛苦调整，美国资本主义还是最终穿越历史迷雾，取代英国成为全球资本主义新霸主，并在“二战”之后正式开启以美国为中心的全球市场体系。

回溯历史，我们可以清楚地看到，大萧条虽然不是美国成为全球新中心的充分条件，但却有可能是一个必要条件。换言之，没有刮骨疗毒式的大萧条和罗斯福新政，美国也许很难在“二战”之后一骑绝尘，成为全球市场体系的规则制定者。大萧条和大危机反而成就了最后的超级霸主，这其中虽然充满了诡异，但也不是完全不可以理解的。1929年开始的大萧条，被众多经济学家及历史学家记忆为一个极其黑暗的时代，但从更加长程的历史视角观察，它却是正式奠定美国霸权的时代，或者说，它是美国接过大英帝国的旗帜，成为全球资本主义新中心的一个标志性分水岭。

美国体系的危机

“二战”之后，美国主导下的全球体系经过了几波强劲的扩张。其中几个显著的标志是，欧洲复兴、日本崛起以及东亚经济奇迹。经过这几波强劲扩张之后，美国体系的边疆大为拓展。从上世纪90年代初期之后的20年之中，美国主导的全球市场体系在深度与广度上迅疾掘进，体系内各民族国家之间的经济联系终成水乳交融、难分彼此的蔚为大观之势。所谓全球化者，美国化也。“二战”之后的全球市场体系之所以是美国体系，乃是因为美国凭借其人口土地规模、内部市场规模以及美元的独特地位，为后起国家的市场扩张提供了最为宝贵的需求来源。没有这种美国需求，全球市场体系的扩张是无法想象的。

这个潜在的逻辑，无论是在欧洲、日本以及东亚的渐次扩张中都表现得十分突出，而在冷战之后金砖国家的经济高速增长中也同样清晰。虽然体系内各民族国家之间以及它们与美国之间的关系相当复杂，但美国需求始终是这一体系扩张的主要动力。就人口规模、内部市场、军事实力而言，“二战”之后美国取代英国成为全球市场体系新的发动机，几乎是命定的。因为只有美国，才有能力提供全球市场进一步扩张的需求来源。也正是因为同样的原因，当这个体系涵盖了这个星球上几乎所有人口，版图无法继续扩大之后，美国体系开始崩塌。其理由是，美国需求再强大，美国货币再滥发，也无法消化新兴市场国家数十亿劳动力提供的源源不断的产能，体系的扩张已经无以为继。从全球市场体系的历史脉络观察，这才是次贷危机的本质。到目前为止，几乎所有人都将次贷危机当作一场美国的金融危机，这是对当代史一次非常危险的误读。更加接近本质的历史真相可能是：体系扩张倒逼美国以泡沫形式来提供需求，在这个意义上，次贷危机实际上是体系内各民族国家合力的结果。至此，美国体系原来的动力结构显然已经无法满足体系进一步扩张的需要。

现在，美国的财政赤字已经达到1.2万亿美元，总债务达到10.6万亿美元。每年光支付的利息就相当于全美医疗保险开支。与此同时，在两轮定量宽松释放巨量流动性之后，虽然需求仍然萎靡不振，但美国的主权评级却已经从“稳定”被降至“负面”。如果说以前美国强力支持全球体系需求只是拖垮了美国的金融体系，从而导致次贷危机的话，今天美国继续提供需求，就可能拖垮美国本身。这也就是为什么美国人几乎一致认定，现在该是其他国家（以中国为代表的新兴市场国家）提供需求，美国提供制造的时候了。如果新兴市场国家找不到新的需求来源的话，那么现在就几乎可以宣布，由新兴国家所引致的所谓超级周期行将落幕。从今往后，中国可能很难再指望全球体系为它的超高速增长提供需求了。在这里，我们已然看到了一个规模更加巨大的亚洲金融危机的前景。

非常清楚，次贷危机实际上是一次体系危机，而不独独是美国的危机，更不仅仅是一次所谓金融危机。从本质上说，次贷危机是“二战”之后美国全球市场体系无法在深度和广度上继续扩张，从而由盛而衰的转捩点。次贷危机只是这个宏大体系危机的起点，是一系列危机中的一个，而绝不是终点。在体系处于高度不稳定的崩解时代，危机将成为我们的一种生活方式。

在全球产能严重过剩的情况下，如果一定要维系这种格局，要么是出现一次重大的体系萧条来清除这些产能，要么就是美国和体系内其他国家一起制造更大的泡沫（这也是那些对权力有重大影响的金融家乐意看到并极力推动的），以延缓体系全面崩解的时间。既然前者是所有政府在政治上都无法承受的，后者也就成为体系几乎唯一选项。在次贷危机之后的两年多时间中，体系内国家合力制造了更加巨大的泡沫。其显著标志是，美国的定量宽松和中国的超级信贷泡沫。由于美国银行业还处于去杠杆化时期（美国银行业本身具备的约束机制），美国的定量宽松所释放的货币更多地为新兴国家所吸收，这进一步助涨了新兴国家尤其是中国的资产泡沫。

在上一个泡沫远未得到消化的情况下，全球市场体系又在体系中的新兴国家制造了一个规模更为巨大的泡沫。全球金融家资本家们不费吹灰之力就如愿以偿了。这固然让体系得以苟延残喘，但也在这个体系内放置了一颗更加具有毁灭性的定时炸弹。这个炸弹爆破之时，即是体系寿终正寝之际。在这个意义上，次贷危机不过是全球体系危机的开始，更加猛烈的体系地震还没有到来。当达沃斯的那些巨头还在高谈阔论着他们如何拯救了这个世界的时候，一场巨大的海啸已经在他们的脚下酝酿。今天，我们仍深陷于这个体系危机之中，它还远远没有结束。而这，正是中国在全球市场体系中的历史位置。

繁荣与泡沫

研究者们非常容易将今日中国与1989年泡沫破裂前的日本相比。的确，从两个经济体的结构以及发展阶段而言，当年的日本的确与目前中国有诸多雷同之处。然而，从更加广阔的全球市场体系的历史视野观察，今天的中国就可能与当年的日本有重要的不同。1989年日本发生危机的时候，美国主导的全球体系仍然处于扩张之中。在那个时候，这个体系仍然有广袤的市场有待开发，比如俄罗斯、东欧、印度以及中国，等等。也正是美、欧、日本在此后对这些体系新边疆的不断开垦，才会有所谓金砖国家的奇迹。简言之，正是由于未开发国家所提供的广阔市场空间，日本虽然陷入停滞，但却免于崩盘。因此，日本1989年的危机，只是体系扩张过程中的危机，是这个体系扩张过程的脚步和节奏的调整。

2011年的中国所面对的，却是截然不同的体系的崩解时代。举目四望，我们已经很难找到一块支持这个体系继续高速扩张的未开发市场。经过60多年的波浪式扩张之后，美国体系已经相当接近它的历史终点。在这个意义上，今天的中国历史时钟更像是停留在1929年的美国，而不是1989年的日本。抑或，它更像是两者的某种混合体。这意味着，不仅外部市场已经很难为中国的继续高速增长提供需求，也意味着中国内部的市场动力也处于一个重要的转换时期。后者，就是许多人寄望甚殷的中国内需。

中国向内需型经济的转向，不仅被很多人作为中国继续保持高速增长的法宝，也被主流思想界几乎一致认定为实现全球经济再平衡（而不是全球体系崩解）的不二选项。这令我们想起20多年之前发达国家对日本的同样督促。然而，20多年过去了，日本的内需似乎并没有为全球再平衡作出什么贡献，而其出口导向型的结构特征也依然故我。这提醒我们，无论是内部和外部，对中国内需的作用可能都过于乐观了。很难想象，一个出口导向型的国家一夜之间就能神奇地转换成另外一种模式。这是一个漫长而且充满难以想象挑战的过程。日本就是一个鲜明的历史案例。在全球体系停止扩张甚至收缩的时候，任何真实世界中的再平衡，都将是一种零和博弈。一个民族国家有所得，必然意味着另外一个或者另外一批民族国家政府在政治上付出代价。在《繁荣与泡沫》一书中，作者罗伯特·布伦纳正确地提示我们："必须牢记的是，直到1998年，作为初始条件的国际性制造业产能和产量过剩，使得占世界主导地位的国家（包括美国、日本、西欧、东亚，现在再加上中国）很难同时实现经济繁荣。"

知道这一点，我们就能知道再平衡对民族国家在政治上构成的巨大风险。对于某些政治脆弱的民族国家来说，这种代价甚至是致命的。显然，真实世界的再平衡远不像经济学家理论世界中那样美妙和自洽。事实上，"一战"和"二战"就是以一种惨烈方式来实现全球经济再平衡的一个历史过程。只不过，它同时也实现了资本主义在全球市场历史中的一个体系转换。这种再平衡和体系转换的结果，是美国凭借它在土地、人口、内部市场等优势在众多的霸权竞争者中成为最后赢家继而领导群伦。

世界体系下的中国

从1978年开始一直延续至今的中国经济增长，主要受到了两个基本因素的推动，一个是内部的经济体制及市场化改革，另外一个则是全球市场体系在最近30年的急速扩张。这两个因素相互接续，相互作用，共同造就了中国持续高速的经济增长。从最近30年全球经济的发展历史观察，凡是具备上述两项基本因素的新兴大国经济体，都出现了与中国类似的高速增长。其中最为人熟知的莫过于所谓的"金砖四国"。印度、巴西、俄罗斯的内部自由化及市场化改革虽然大约晚于中国10年，但一经启动，并与全球体系扩张结合在一起，也立即开启了持续高速增长之路。其持续时间与增长幅度与中国相比并不逊色。非常清楚，以"金砖四国"为代表的新兴经济体先后开启的自由化改革本身，也是推动全球市场体系得以蓬勃扩张的一个重要动力，而全球体系的扩张反过来也为这种自由化和市场化提供了更加广阔的空间和市场深度。内部自由化和全球体系扩张相互作用的一个历史结果，就是我们在冷战结束之后所看到遍及全球的浪潮般的经济增长。而中国的经济增长不过是这个浪潮中的一支而已。没有始于上世纪90年代的全球体系的迅猛扩张，中国内部市场化所释放的能量很有可能在上世纪90年代末期就已告罄。有相当多的证据证明，中国在新千年之后的经济增长大部分是由体系扩张推动的。这一动力转换的一个明显标志就是中国加入WTO。

作为全球体系扩张的一部分，中国的经济增长既是这个体系扩张的一个重要推手，也依赖于这个体系在广度与深度上的进一步扩张。对于这一格局（这可能才是隐藏在中国经济增长中不为人知的真正秘密），中国极其现实主义的管理者们显得格外清醒。这就是为什么在金融危机之后，他们必须极力维护这个全球体系的原因所在。非常有趣的是，在1929年美国大危机之前的一段时间内，美国出于对当时英国主导的全球体系的依赖，也曾经极力地帮助英国，以全力维持体系的完好。对于这一段历史，在《美国大萧条》一书中，罗斯巴德曾经非常刻薄地评论道：“更加危险、更加具有破坏性的是通过在美国的通货膨胀来帮助英国。”这种情形与次贷危机之后中国与美国的关系又何其相似乃尔？显然，在次贷危机之后，中国与这个体系的关联程度不是更加疏离，而是更为紧密了。中国的管理者们非常清楚：起码在现在，中国不可能脱离这个体系而鹤立鸡群。非不愿也，是无奈也。而这种无奈之中，实际上指示的是中国经济增长的外部路径依赖。这是中国经济增长除了内部的路径依赖之外的另外一道魔咒。

“二战”之后由美国主导的全球体系究竟还会维持多久，将取决于诸多历史的偶然因素。这一点我们显然无法判断。但是我们大致可以肯定，以次贷危机为起点，我们已经走入这样一种历史进程之中，那就是：美国体系的扩张已经进入停滞甚至收缩期。显然，维持中国过去几十年高速经济增长的外部环境已经天翻地覆。这不同于1997年的亚洲金融危机，也不同于上世纪90年代的日本。

接下来已经发生和将要发生的，将是体系以零和博弈为特征的全球结构调整——这可能表现为各种保护主义，也可能表现为汇率战争，并伴随着一系列的政治利诱、恫吓以及合纵连横。其目的只有一个：最大限度地维护政府在本国人民之中的政治合法性。无疑，这种调整从来就不是让人愉快的，更不是被经济学家们轻描淡写为“再平衡”那样充满浪漫主义的多赢色彩的。求诸历史，这个过程经常是相当痛苦甚或是血腥的。这种痛苦将一直延续到一个可以继续推动全球经济增长的新的稳定结构出现为止，这可能是一个新霸主的崛起，也可能是我们完全无法预见的一种新的全球战国景观。虽然我们并不知道去哪里，但是我们非常清楚地知道，我们正在告别过去。我们正处于从原有的稳定系统滑向另外一个稳定系统的转换时代。在这样一个时代，危机将成为一种常态，甚至一种生活方式。这对那些以周期管理为主的传统技术官僚的管理智慧提出了严峻的挑战。

（2011年10月共识网）

域　外

人类文明的敌人拉丹死了

李　铁

尽管本·拉丹拿女性当自己的人体盾牌，也无法阻挡住打穿自己头颅的那一颗子弹。在“9·11”恐怖袭击近十年后，袭击事件的元凶本·拉丹于2011年5月1日被美军击毙。美国人最终兑现了对这个现代最著名的恐怖主义头目“虽远必诛”的誓言。

据报道，巴基斯坦西南部城市基达的数百民众2日走上街头，向已被证实遭美军打死的“基地”组织领袖本·拉丹致敬，示威者当众焚烧了美国国旗。示威的组织者声称：“本·拉丹是穆斯林世界的英雄，他的殉道为他赢得了穆斯林战士的称号。”尽管这一言论与巴基斯坦政府和众多民众的观点相冲突，但并没有示威者因为言论和示威行动而被逮捕，因为保护公民言论和和平表达的权利，是一个现代文明国家必须遵守的基本准则，这一点，已经清楚地写在联合国宪章和各种权利公约之上。

然而，这些奉本·拉丹为英雄的示威者或许没想到，一旦他们的“英雄”真正实现了他的理想，按照本·拉丹信奉的原教旨主义理念来治理一个国家的话，这个国家治下的人民可能将彻底丧失那些言论和表达的权利。

本·拉丹及其组织一直要求恢复历史上的酷刑，喝葡萄酒会被鞭打，通奸会被石头砸死，“以任何形式伤害人民感情的人”将被处以死刑。他们袭击女童，仅仅因为她们上学受教育；他们在街头射杀国家网球队队员，仅仅因为他们穿着运动短裤；他们用来做自杀式袭击的儿童人弹，最小的只有9岁。在那些所谓的“圣战”袭击中，受害者大多数都是穆斯林平民。

哈佛大学教授亨廷顿于1993年发表的文章《文明的冲突？》，以及1996年出版的专著《文明的冲突与世界秩序的重建》，在全世界范围内引发了一场关于宗教和文明冲突的大争论。在“9·11”恐怖袭击和阿富汗战争爆发之后，“文明的冲突”一词更被很多人津津乐道，用以解释恐怖主义的根源。当被问及对文明冲突的态度时，本·拉丹本人就曾回答：“这（文明冲突）是一件非常清楚的事。”

然而，亨廷顿本人却断然否认这个说法。在“9·11”美国受到重创以后，亨廷顿说这不是“文明之间的冲突”，而是“文明和野蛮之间的冲突”。而国际社会的主流舆论也认为，因为恐怖主义不择手段，滥杀无辜，完全就被排除在“文明”之外。本·拉丹所代表的恐怖主义，不应该被看作文明的一种，它的本质是野蛮，它是包括伊斯兰世界在内的所有人类文明的敌人。

我们应该清醒地看到，虽然许多恐怖势力都具有宗教极端主义的特征，但宗教和文明并非是恐怖主义的根源，只是恐怖主义的一种新的外壳。它不是多元文化中的一种文化，而是多元文化的终结者；它不是自由信仰中的一个信仰，而是自由信仰的掘墓人。在不同的时代，恐怖主义会找到不同的理由和理论而产生不同的变种，但实质都是一场反文明的瘟疫，是一场向着毁灭人类也毁灭自己的黑暗高歌猛进的自杀。

恐怖主义所宣扬的原教旨主义不仅不是宗教，它本身就违背了任何宗教都秉持的向善宗旨。反恐战争也不是针对伊斯兰教和穆斯林世界的，本·拉丹更不是什么穆斯林的领袖，相反，他在全球各地杀戮穆斯林。也正因为如此，许多重要的伊斯兰国家都加入了美国领导的反恐联盟，从最大的伊斯兰国家印尼到摩洛哥，从世俗化程度较高的埃及、土耳其到宗教上较保守的沙特、巴基斯坦，都是世界反恐联盟的参与者，一起在捍卫人类文明的基本准则。

在这个交往频繁的地球村时代，已经几乎找不出一个信仰和文化纯之又纯的国家，文化和信仰的多元是一个不可改变的事实。现代文明的政治原则对任何信仰和文化都是容纳的，各种文化和信仰都可以在一个基本规则下平等竞争，取长补短。著名学者罗尔斯甚至认为，现代国家的政治就是超脱于各种文化和信仰之外的一个最基本的共识，只按照最基本的理性原则和契约行事。这一基本理性共识，与信仰和文化无关，只和你是不是一个理性的人有关。

从这个意义上来讲，所谓“文明的冲突”并不是一种准确的表达，因为文明之间只有竞争，文明和野蛮才有冲突。

（2011年5月6日《南方周末》）

“汉字经济体”的文化断想

侯且岸

日本著名经济学家原英资先生不久前提出了建立“汉字经济体”的设想。他认为，中国大陆、中国台湾、日本与韩国等应整合为“东亚经济体”，而且由于同受中华文化影响，甚至可称为“汉字经济体”。同时他也建议，应设立共同的货币清算机制，发明以人民币为主体的“亚元”。原英资先生的言论一时引发热议，也引起人们对经济发展与文化之间的关系的重视，触及对中日两国乃至整个东亚文化未来的深层思考。

原英资先生不仅是学者，也曾担任大藏省事务次官，在日本享有盛名。与惯常的政治、军事和地理取向相异，他的这一设想首先缘于区域经济合作发展的战略考量。两年前，刚刚上任的日本首相鸠山由纪夫就曾经提出过构建“东亚共同体”的倡议。

在全球化时代，以自由贸易为前提的区域经济合作已经成为世界经济发展的大势。问题在于各个区域经济体内不同生活方式、不同发达程度、不同政治体制、不同意识形态国家如何真正实现文化上的理解，如何通过自由贸易实现互利、多赢。我想，原英资先生所设想的“汉字经济体”，较之“东亚共同体”更凸显出文化特质，可以视为尝试解决上述问题的一种深层的文化理念，通过沟通这一理念，消解各国之间存在的差异和矛盾，在经济合作的同时达到相互的文化认同，从而为经济合作奠定较为坚实的基础。

以“汉字”作为文化认同的基本标志可谓独具匠心。事实上，汉字是文明的符号，代表着东亚特有的文明。早在五四新文化运动时期，面对第一次世界大战后西方文明的衰落，中日两国进步知识分子就曾将“汉字文明”视为“东洋文明”。他们曾寄希望在新亚细亚主义（相对于具有浓厚军国主义色彩的“大亚细亚主义”）的旗帜下，迎着民主的世界潮流，改造“东洋文明”。李大钊先生就曾力主“把东洋民族的精神打成一气”，使得“东亚的兄弟们偕手同行”，“认清这共同生活的道路”，与西洋文明平等竞争、并驾齐驱，以创造新的世界文明。因此，东洋文明的崛起与发展，遂成为中日两国知识分子共同关心的话题和期盼，他们真诚期待着同文同种的中日两国从此摆脱黑暗，共同走向光明。

在近代迎受西洋文明的过程中，日本的确走在中国的前面，日本知识人在翻译西文（尤其是抽象文字）的过程中大量使用的是中华汉字。而这些翻译中包含的概念、学说和思想大都被中国近代知识分子所接受、运用，至今还在发生着作用。中华汉字成为联结中日两国文化的纽带。

历史与现实往往有着惊人的相似之处，但相似之处在每一时代又会有不同的反映。在20世纪“世界革命”的时代，以新亚细亚主义为旗帜的东洋文明的建立，是当时知识分子的美好理想，它非但难以实现，反而囿于所谓“大东亚共荣”的喧嚣和肆虐，毁灭于战火，使中日两国陷入灾难。在21世纪的“全球化”时代，以区域经济合作为主导的“汉字经济体”设想，集中反映了时代的要求、文明发展的需要，尽管它一时还难以完善，难以被人们普遍接受，但它绝非虚幻的遐想。

汉字的英译便是Chinese，用Chinese涵盖中华文化本身就是大文化，进而引申至与之相应的经济体，还可以将其范围从东亚扩大至东南亚部分地区。可以想见，Chinese足以发挥超越意识形态的作用，以更为丰厚的文化底蕴为支撑，赋予经济体以特有的活力、张力和凝聚力。

既然如此，现在特别需要进一步丰富“汉字经济体”的内涵，也特别需要为之注入理性的成分。有中国学者在诠释“汉字经济体”时，基于文化与经济发展的相互关系，特地举出马克斯·韦伯的命题——新教伦理与资本主义精神，以此作为文化影响经济发展的特殊例证。相比较而言，在东亚文化（汉字文化）中，它含有的特殊理性又是什么？同经济和社会发展有何关联？进一步设问，在未来的“汉字经济体”中，理性如何得以展现呢？这无疑是不可回避的问题。更需要加以留意的是：在解决这些问题之前，我们还有必要着力摆脱潜在的狭隘民族主义的羁绊。显然，前面的路很漫长，亦会很曲折。

（2011年6月21日《中国周刊》）

食品安全应向美日学习“连坐制”

郑风田

“中国制造”的一个怪现象是，同样的东西，在欧美国家居然会比在国内买便宜。其实食品安全也存在这种现象，出口到国外的食品，安全度要比国内高出一截，虽然美国、日本等国对来自中国的食品设置的标准，比国内标准更高，但中国的农民与企业还是都达标了。为什么离产地更近的中国消费者却难以享受到更安全的食品呢？

看一下双汇瘦肉精事件就明白了，央视“3·15”晚会曝光双汇瘦肉精事件后，大批记者赶赴双汇总部漯河，但当地政府却要求酒店报告记者行踪。为什么地方政府变成了出事企业的保护伞？双汇董事长万隆接受采访时说：“3月份减少各类税收8500万元，给地方财政也造成了一定的影响。”双汇去年500亿元的销售额，为当地政府带来的产值、税收、就业等利益非常可观。

知名企业和地方政府之间存在“共同利益”，地方政府为保本地税收，往往扯起地方保护主义大旗。这也是我国重大食品安全事件屡发的主要原因之一。这种为地方利益牺牲整体利益的现象，要想一下子根除也难，所以单纯靠地方政府监管并不靠谱，必须转变思路，不妨学习一下美国、日本政府的“连坐制”。

去山东青岛调研时，发现当地有不少将水产品出口到美国的企业，这些企业都按美国的要求，采用极严格的HACCP认证，而且都认真严格执行，不存在国内市场盛行的买假证或不按标准执行的情况。如果有企业不按标准要求而作假，怎么办？政府部门讲“没人敢”，原因是美国人实行“连坐制”——美国食品监管部门FDA会不定期突然派人抽检，一旦发现作假，则当地被判为不可信任地区，所有企业都被列入不信任名单，生产的产品美国人都不要了。

在如此严厉的连坐制度下，没有企业敢轻易作假，也没有渔户敢轻易使用违禁药品，一方面怕连累别人，更主要的是怕别人作假时连累自己。平时大家相互监督、交流经验——不是交流作假的经验，而是学习怎么做才能达到标准要求。当地监管部门也特别尽心尽力，因为一旦被检出作假，则当地整个出口就完了，损失太惨重，对政绩影响也太大。所以监管部门不但平时认真抽检，还会对农民进行提高生产质量的培训，以达到美国人的要求。

山东菜区也有不少出口日本的蔬菜生产基地。笔者了解到，当年一个农民偷偷使用了剧毒农药，结果在日本海关被抽检出来，导致该公司所有出口日本的蔬菜都被拒，损失惨重，当地所有农民的菜都卖不出去了，这户农民也承受了极大压力。有了“连坐制”，出口企业与当地政府监管部门因迫于巨额损失不敢轻易降低抽检率。当地生产者平时也互相监督，因为一荣俱荣一损俱损，熟人社会相互监督比单纯依靠政府监管效果好很多。

每次食品安全出问题，总有监管部门以我国有2亿多小农户、几十万个小作坊、抽检率太低等借口来搪塞。但困局并非无解，我国的城市也完全可以试试美国人、日本人的连坐式监管制度。以上海市为例，生猪供给完全可以选择几十个或上百个生猪供应基地，并提供详细安全供应标准，然后委托第三方机构随时暗检，一旦发现问题猪就取消供应资格。以此倒逼当地监管部门真正负起责任，也使农民们不再搞“一家两制”式的生产。如果所有城市都这样做了，则我国的食品安全问题也就解决了。

这种连坐式的监管虽然“残忍”，但针对目前我国食品供应乱局，只能采取阵痛式的监督方式。只有痛了，才能让地方政府真正尽力尽责，才能彻底解决我国食品安全问题。

（2011年4月1日《东方早报》）

为什么美国不会有高铁

维　舟

美国的第一条高速铁路看来已胎死腹中。不久前，美国佛罗里达州州长Rick Scott断然拒绝了23亿美元的联邦高铁补助，理由是州政府难以承担该项目的潜在超支或补贴资金。按中国人的观念，恐怕很难理解这种“中央给钱却不要”的行为——计划中的全美首条高铁，只需州政府出10%强的份额，剩下全部由联邦财政出钱，但却仍被坚定地拒绝了。

此事正折射出了美国复杂的政治和社会生态，在这种环境中，高铁项目想落实，几乎是每推进一小步都困难重重。一百多年前，美国的铁路时代有一句口号“真的，铁路是工会、社会和国家统一的黏合剂”，那么，现在高铁不如说倒是美国社会和联邦/州政府之间争执的引爆剂之一。虽然美国联邦政府最近试图积极推动基础设施建设（“我们无法承担牺牲一些领域，基础设施就是其中一项”），但蓝图绘出之后，难的是如何变成现实——要“赢得未来”，先得过“当下现实”这一关。

奥巴马在2009年上任不久就提出过发展高铁计划，作为其刺激经济政策的重要一环。今年1月底的国情咨文中他再次提到将建设高速铁路网，在25年之内覆盖80%的美国人口。2月初副总统拜登在费城一个火车站正式宣布了一个6年内斥资530亿美元建设全美高速铁路网的计划。

这笔钱听起来不少，但实际上却根本不够，而钱从哪里来也是个很棘手的现实问题。铁路，尤其是高铁，在大规模兴建时都会给金融机构带来大规模集资和资金调动的压力：19世纪70年代意大利统一后的铁路建设就曾导致严重赤字，引发政治危机；日本高铁建设初期的资金周转也是大问题，到1987年国铁民营化改革时，负债已高达2270亿美元。

高铁项目初期投入巨大，开通后往往也无法盈利，因此在各国都是靠政府来保证投资。也只有国家才能建设一个统一的高铁网，因为只有这样才能修建一些必要的但不能盈利的路线，并确定统一兼容的技术——美国早期的铁路由私企推动，其结果是：从纽约到布法罗的短短几百公里有6个系统和3种不同轨距，乘客中途必须变换客车。在秉持财政保守主义理念的共和党人看来，这正是一个危险的信号：高铁项目将导致大政府的新一轮扩张，新增的联邦预算又将造就一些新的利益集团，使预算规模达到一个新危险高度，虽然它也有一个短期好处：在不增加多少州预算的情况下创造数万就业机会。另一个隐藏的政治目的则是：民主党可以将这类大型公共基建项目通过政治分肥（所谓“porkbarrel project”）转化为政治支持，虽然它并非只有民主党一党受益。

Rick Scott之所以不顾各方抱怨（有两位州参议员甚至因此上诉到州最高法院，申请责令州长接受补助，但当即遭到驳回），断然不要“中央给的钱”，原因大抵在此。他本人是个成功的实业家，从政本来就是为了实践某种政策理念，这一点上他不同于路易斯安那州州长Bobby Jindal——后者虽然也是个强硬的保守派，并曾带头反对财政刺激计划和强烈批评高铁计划，但该州最后还是接受了24亿美元的礼包，原因很现实：金融危机以来，半数以上的美国州政府陷入财政危机，其中不少甚至已濒临破产。即便如此，俄亥俄、威斯康星等州还是拒绝了联邦高铁补助款。

就算各州都肯积极推动高铁计划，问题也还刚开始：高铁一旦建成，将对汽车和航空业构成竞争，这两个庞大利益集团必然将游说放弃高铁计划。这在各国都是屡见不鲜的事：晚清时醇亲王就曾因北京的马车夫反对修筑铁路的持续不断请愿而不胜其烦；19世纪初铁路在英国出现时，也曾遭到运河和内河运输集团的反对——它们之所以没成功，是因为铁路利益集团在政治上极其强大。但20世纪美国的铁路集团则输给了航空业和汽车业：1982年美国国内航空公司的客座票里程数接近全世界其他所有航线的总和，行业整体竞争力和利益集团极为强大；至于汽车业更不必说，因为“对通用汽车有利的事就是对美国有利的事”，汽车几乎是美国精神的象征——那种自由驾驭和掌控的感觉。

美国铁路的辉煌时代已经过去几乎一百年了。铁路曾是美国首屈一指的煤炭、钢材消耗大户，创造无数就业机会，1916年全美铁路网总长度就已发展到最高峰（40万公里），而中国当时的铁路里程连这个数字的1%都达不到（且95%的资本控制在外国财团手中）。但在“二战”之后，美国铁路的运输量就开始滑坡，到1960年铁路网就已有1/4因利润太低而不通车了，不少线路被拆除，剩下的几乎全部用来运货。《失落的大陆》一书中曾说：“在美国，只有既坐不起飞机——这在美国可真算是穷到家了——又买不起汽车时，你才会去坐长途汽车。”至于坐火车，人们根本不会考虑。

确实，就算高铁建成，客流从哪里来也是一个很大的问题。高铁特别适宜于中国、日本这种人口成片密集居住的国家，否则稀疏的人口分布根本无法喂饱高铁的客流需求，但美国却恰好是个人口密度相对较低、居住较分散的国家，现有的高铁规划也只能选择性地连接少数城市，而无法实现全国成网；更何况美国人选择航空和自驾车出行的习惯早已根深蒂固。票价则是另一个问题——现在纽约到芝加哥的机票仅售88美元，火车票比它贵一倍还不止；高铁建成后，在票价上要和航空、公路运输竞争也很难。客流少必然带来的问题就是无法发挥高铁的全部优势和潜力，越加难以实现盈利，这又迫使许多投资者和官员三思而行。中国的高铁规划在很大程度上并不是一个市场行为（话又说回来，铁路完全市场化将使票价飙升），但在美国则必须考虑这一点，因为联邦运输部并没有下属的国有企业。

如果高铁沿线确实人口密集，那么又有一个新的问题：路线施工征地时必然要让许多人为高铁让路。美国自20世纪70年代以来已很少开展这样大规模基础设施建设，大批征地难以避免地会引发反弹和争吵。就算征到地，又还有技术的问题：美国从未开发自己的高铁技术，连相关的零部件也无法制造（美国的钢铁工业和铁路一样，也早已被视为夕阳产业而空心化），现在这些都得引进（说不定是中国），而这又会为反对高铁者提供一个攻击的借口——这个劳民伤财的项目只会让外国企业和国际中间商获利。

高铁只是一个缩影，是映照出全景的一滴水珠，其落实推进之困难，折射出的是美国社会和政治的结构性特征。正所谓牵一发而动全身，要解决这些难题绝非易事。如果说中国高铁建设的快速进展得益于一个强国家的执行效率（在财政拨款、征地、技术发展等方面）和国家意志，那么这却正是一些美国政治家所担忧和恐惧的。对他们来说，这绝不只是一个经济、技术问题，而是一个原则问题。没有高铁乍一看似乎是件坏事，但在他们看来却是一件好事。

虽然预测未来是一件有风险的事，但我们不妨打个赌——我打赌美国不会有高速铁路，至少不会在奥巴马计划的25年之内开通。

（2011年4月11日《东方早报》）

日本食品安全神话归功于谁

俞天任

日本食品给人的印象是安全，这可能和一般日本人都给人一种工作认真、很敬业的印象有关，人们都倾向于相信因为日本人一丝不苟的工作态度，日本的食品质量也肯定能够得到保证。

但实际上想一下，“工作认真”和“食品安全”没有逻辑上的因果联系，实际上也有人很认真地在制造着各种黑心食品，在不少情况下，食品安全受到威胁并不是由于工作人员的粗心大意所造成的事故，而是黑心商人为了追逐利润而有意干的，干这种事的黑心商人不仅在中国有，日本照样也有。可见日本食品的安全并不是因为日本人的敬业态度，而是因为别的原因。

原来日本可没有什么“食品安全”的神话，“痛痛病”、“水俣病”这种因为饮用食用了被污染了的水源或者其他食物而造成死亡或其他后遗症的公害病是举世闻名的，有关水俣病的诉讼在五十几年后的今天还在进行。

除了这些公害病之外，日本还有人为的食品安全事故，这些事故不管是在规模还是范围上都能和其他任何国家所发生的食品安全事故相比，像1955年日本发生的森永砒霜牛奶事件就是因为奶粉中混入砒霜而造成12159人中毒，其中131人死亡，1968年的米糠油事件，中毒人数多达1283人，28人死亡。

但是从上世纪80年代之后，日本的食品安全确实有了长足的进步，除了1998年7月在和歌山县发生的有毒咖喱在事后被判明为投毒案件之外，一般发生的食品中毒事件规模都不是很大，还在人们能够接受的范围之内，起码没有什么恶性案件。

现在日本谈起食品安全，在更多的时候是指进口食品的安全问题，比如美国产牛肉所牵涉到的BSE（疯牛病）问题、中国产蔬菜的农药残留问题，等等。在牵扯到日本国产食品的时候也多与进口食品有关，一些不良商人以次充好，以普通食品冒充高档食品，以进口食品，尤其是从中国等国进口的食品冒充日本国产食品，等等。

应该说，相比起三四十年前，日本在食品安全方面确实有了很大进步。这应该归功于日本的消费者运动。日本的消费者运动是从1945年开始的，但一直到1960年高度经济成长期才构成了规模，这是因为高度经济增长带来的食品安全问题也在那段时期到了最高峰，受到现实威胁的消费者们只能自己行动起来保护自己的权利。

由于消费者的努力，1968年日本政府制定了《消费者保护基本法》，把基本姿态从重视生产者改为了重视消费者，表明了保护消费者的方向。以后又在1970年开设了“消费生活中心”，专门处理来自消费者的投诉，而在开始时这种投诉基本上集中在各种食品上，尤其是各种食品添加物上，这很好理解，民以食为天嘛。进入上世纪80年代之后，因为消费生活的多样化和复杂化，食品之外的各种投诉也有所增加，有关食品的投诉在总投诉中所占比例在不断减小，但是就绝对件数来说不但没有减少，反而有所增加。

日本的消费者运动和一般想象中的仅仅是就商品质量问题而投诉有点不同。日本消费者运动中最重要的一点就是在《消费者保护基本法》中明确规定了：“消费者有向国家和地方政府要求国家和地方政府完备有助于保护消费者权利的司法和行政系统的权利”。这句话的意思就是如果发生了消费者权益受到侵害的事件，责任首先是在政府而不是在肇事者。这样政府就必须担负起责任来完备有关法律和保护食品安全的行政体制，因为不少情况下消费者自己是无法保护食品安全的，比如产地的作假问题，消费者自己几乎无法判断，这时候消费者就有权要求政府保护他们。如果发生了产地作假事件，在弄虚作假的商人受到惩罚之前，消费者首先追究的是政府的责任，因为政府没有保护他们。

这个权利是很重要的，这个权利的根本就在于建立了“食品安全上出了问题首先是政府的过失”这个理念。这样既能防止政府在出事之前玩忽职守，也能防止政府在出事之后借惩罚不良商人而转移消费者视线从而推卸责任的做法。最后消费者要求食品安全的权利就转化成了保证食品安全性的系统的实际形成。

（2011年4月26日凤凰网）

美国“进步时代”的政府改革

马 骏

在1890年到1928年之间，美国进行了一场伟大的进步时代的改革。当时美国为什么要改革？到底出了什么问题？

整个19世纪，尤其是中期内战结束之后，美国短时间内取得了杰出成就。美国经济启动了工业革命，短时间内从农业经济转变为工业经济，生产率得到大幅提高。技术创新领域，美国也有举世瞩目的成就，电话、汽车等都是那个时期发明的。在支持自由市场的政治环境和技术发展的辅助下，市场体系以前所未有的速度在全美国扩展，且和当时正在成型的世界经济体系紧密联系在一起。1890年，美国工业总产值首次超过农业产值，1900年前者是后者的4倍，20世纪初，美国制造业的生产总量超过英国、德国和法国三个国家的总和。而早在1895年，就有统计学者宣称美国拥有世界上最庞大的经济权力，且这种权力从1860年以来，30多年翻了三倍。

然而，快速的工业化和市场化也从根本上改变了当时美国的社会结构和生活方式，将美国建国以来维持了一个多世纪的国家、市场和社会的平衡关系打破了。尽管经济社会已经出现根本性的变迁，但美国这个国家的治理结构还是130年前的国家政体结构，国家政体结构已经不能有效地解决当时的经济社会问题，反而引申出新的问题。

首先是经济的集中与垄断开始出现。1901年时1％的公司生产了全美国44％的产品。垄断性非常强的金融资本主义也开始出现了，他们控制的财富力量已经强大到可以挑战国家权力。贫富分化越发严重。到1900年，美国社会的贫富悬殊已经到了非常危险的状况，占美国人口1％的富人拥有美国财富的87％，而另外一个极端是1000多万美国人，总人口的1/8，生活在极度贫困中，由此剥削和阶级冲突开始出现。而城市成为了当时社会和经济问题最集中的地方，城市政府在美国人眼里是最腐败、最低效率的政府。与此同时，环境污染与食品安全问题也大规模爆发。

正是在这样的背景下，美国开始了进步时代的改革。

美国治国理念的变化

在整个进步时代的改革中，美国人的治国理念发生了四个方面的重大转变，具体的改革行为基本围绕这些理念的重大转变而展开。

第一，是重新认识资本主义，尤其是自由放任的资本主义，美国人意识到自由放任的资本主义及垄断特殊利益已经威胁到美国传统的民主和个人自由，这实际上一直是美国的基调。这个时期放任自由的自由主义理念逐步被新的理念取代，也就是说民主社会应该是为所有人运作的，绝对不允许任何团队控制其他所有人的命运，这是针对有权势、有财富的那一小部分人说的，民主不能只为他们服务。进步时代的改革可以看作是对贪婪的资本主义以及国家的自然资源进行掠夺，他们要刹这个车了。

第二，重新界定政府的角色和作用。在这个时期，绝大多数美国人都开始放弃小政府和有限政府的信念，转而接受新的观点，帮助管制经济，经济要进行管制，市场要进行管制，为所有的人民提供哪怕是少量的保护，这是政府的工作。政府既要开始干预市场经济，又要提供基本的社会保障，不能像此前流行的社会达尔文主义那样，说你们自己玩吧，我们政府不管这些。

第三，社会责任开始正式引入。在此之前的民主政治不太强调国家的社会责任，而在进步时代的改革过程中，越来越多的美国人意识到民主要包括一个社会纬度，在坚持个人主义和个人自由的同时，每一个人都应该意识到大家是互相联系在一起的，每一个人都应该有一点对他人的社会责任，国家也应该承担起这样的社会责任。进步时代的改革开始用社会责任来平衡之前对个人主义的过分强调，就像历史学家所说的进步主义的关键问题，是重构政府的过程中，必须在个人自由和社会责任之间进行平衡。

第四，是重新理解民主。民主不能发展到选举民主就止步不前，民主同时还需要更多地对权力进行监控。

进步时代的改革的政治目标首先是颠覆政治党魁和政治机器的影响，净化政治，也就是我们所说的党政适当分开。打破官商勾结，使公共官员更加对公民直接负责，激发民主制度的活力。其次是行政目标，改革政府的运作机制和方式，提高政府的效率，减少腐败的机会，建立更加对公民负责的政府。进步时代的改革的经济目标是将大型企业置于公共控制之下，反垄断就是那时出现的，制定了《反垄断法》。

尽管进步时代的改革的具体行动是分散的，但它们有一个共同特点：特别重视制度建设。进步时代的改革之前，大家都说就是因为选举找了一个坏人，那么换一个人就好了。而进步时代的改革最强调的，却是进行制度建设，解决各种各样的问题首先要找到原因，然后建立制度来解决。比如说让政府负责，就要建立预算制度，要让政府变得透明，1880年美国开始改革政府会计体系。

政治进步和社会进步

当然，那个时期美国内部的冲突非常大，因为美国的自由主义传统非常强。国家应该承担更多的社会责任，但国家社会政策这一块财政支出费用从哪里来？国家要承担社会责任就要加大税收，这样人民又不同意。

当时有两种不同的进步时代政治主张，一个是政治进步主义，一个是社会进步主义。政治进步主义主要是以男性为主，社会进步主义主要以女性为主，他们的想法不太一样。以男性为主的改革者，在这些女性改革者看来，主要关注将整个政治游戏规则改变，将这个政府的运作程序改了，他们不希望走得太远。

而主要由女性构成的另外一批改革者被称为社会进步者，她们希望通过政治改革实现更大的社会改革目标，她们不仅希望社会改革，还希望对制度和政府的目标进行全面的大修理，促进社会公正。她们也希望国家提供更多的福利。有些学者通过研究提出，20世纪福利国家的财政赤字与开放选举权给女性有关，因为女性有了选票，政治家需要她们的选票，就要向她们承诺更多的福利，因为她们很喜欢福利，她们更多地强调这样的内容。

总体来说，以男性为主的政治进步主义改革比社会进步主义改革更成功一些，比如城市层面，政治进步主义者所希望的很多改变，到20世纪基本上都实现了，政府变得更加廉洁、有效率，承担起更多的公共服务责任，将公共服务例如公交系统从原来的私有变成公有。州和联邦的改革也开始，联邦的权力和能力都得到加强，开始对大企业进行反垄断监控，对食品药品进行监管等。

这种局面，女性改革者并不是很满意，她们的希望更高，希望国家承担更多的社会责任以促进社会公正。她们希望的这种改革当时并没有出现，直到大危机爆发，罗斯福新政开始，才有了社会福利。因为经受了一个更强的冲击，国民才能够接受国家承担更多的社会责任。

整体而言，美国人的政治智慧核心就是讲均衡，国家和市场的力量要均衡，国家和社会的力量要均衡，不能谁过大，谁过大了都不好，国家过大就会专制，市场过大就会出现财富挑战国家，社会过大就会民粹主义盛行。根本上还是个人自由和社会责任之间要进行均衡，国家的主体还是应该有个人自由，以个人自由为主，但同时也要有社会责任，国家应该承担起一定的社会责任。

改革的四大启示

但美国人不是十全十美，最后的改革是到罗斯福新政才完成的，由此相对成功地实现了国家治理转型以适应社会变迁。而在整个过程中，有四个条件帮助了美国转型，没有这四点，他们的改革不可能出现，也不可能成功。

第一，在进步时代，由于时势所迫，美国社会的政治与知识精英不得不对美国赖以立国的自由主义核心价值体系进行修正，但进步时代的改革修正的，只是美国自由主义的边缘保护地带，核心是没有动的。罗斯福新政时有人批评罗斯福，他说：你说得不对，我还是自由主义者，就像一个老头掉到水里，我将这个老头救了起来，只是将他的草帽丢了。

美国自由主义的核心价值全部是在的，只是进行适当的修正，比如说强调个人自由的同时，也要强调社会责任，对它进行弥补。恰恰是这个核心价值体系帮助美国社会相对成功地实现了国家治理转型，没有核心价值体系的社会是一个很麻烦的社会，大家都觉得自己很牛，谁也不听谁的，社会冲突很厉害。我们要看到决策后面有核心价值体系，这样才能有共识，有共识大家才能很快地整合起来做事。

第二，在这个时期，尽管越来越多的美国人已经意识到他们引以为荣的美国式民主开始出现问题，他们也不得不对它进行改革，比如说将匿名投票制引进来，让投票更加公正，但基本的宪政民主制度还是在的，没有动，而且这个制度为美国的成功转型创造了条件。

选举民主使得政治家必须变成改革者，因为这些社会问题爆发出来，你要想拿到选票，总得要去回应人民的诉求，最后逼出了改革。而且，改革不能乱来，宪政民主是存在了一两百年的文明政治游戏规则，可以将各种改革力量有秩序地整合起来，避免政治的不稳定、动荡。

第三是新闻自由。进步时代的新闻扒粪运动形成巨大的社会舆论压力，也形成了公共讨论，使得民众意识到社会出事了。

第四，在美国建国以及19世纪初，法国人托克维尔看到的美国式民主，是以社区自治为核心基础的民主，真正的民主必须是基层能够自治的，而不是天天盯着谁来当总统，基层、社区的民主才是最扎实的民主。

美国已经是一个公民社会，公民精神是存在的，非常强的。这种公民精神使得很多美国人意识到他们生活的社会已经出现问题，他们开始反思，进而开始行动，包括呼吁政治家改革，甚至自己亲自组织起来解决经济社会的问题。

国家治理的转型不仅仅是国家、政治家或者是官员的事，需要社会的参与，大家共同来解决这件事，这个国家是我们的，不是他们的，国家是我们大家的，我们就是政府、政府就是我们，这是不能分的。如果一个国家没有真正的公民，国家是很难治理的。

（2011年3月27日《南方都市报》）

印度农村教育的新经验

茅于轼

印度也是政府拿钱办义务教育，但也有普遍问题。主要是官办学校校长缺乏自主性。人员委派、经费审计、教材购买、基建计划等，大一点的事都要上面管理机构决定，效率低下浪费巨大。有的地方还有贪污腐化。比如政府请的老师自己不教课，花一半工资另请一名不合格的人滥竽充数，自己留下一半工资，其中分一部分给政府的教育督办，帮助他掩盖这种不法行为。政府钱没少花，但村民享受的教育质量很差。

印度有个非政府组织，称为“公民社会中心”，想出了一个改革方案。该方案巧妙之处是把政府教育拨款印制成“教育券”，直接发给学生。学生可以挑选自己认可的学校上学，并把教育券当学费交给校方。学校以收取的教育券到政府财政部门兑现。学生可上公立学校，也可上私立学校。教育券可在公立学校里用，也可在私立学校里用。公立私立一视同仁。学校之间有了竞争，教育质量就得到改善，一定量的钱发挥出最大效用。

印度这项改革还没完全付诸实行，但正在声势浩大地宣传推广。公民社会中心已通过社会募捐筹集到一笔资金，印制成教育券，发给贫困家庭学生。申请教育券的有12万人，由公民社会中心分发的教育券只有400多张，不能完全解决问题。但这么多人申请，说明非常受大家欢迎，这是对政府的一种压力，要求改变现在的拨款方式。如果政府接受这样的观念，把教育经费用教育券的形式发给全体学生，经费使用效率可成倍提高，教育事业将完全改观。

但这样做不容易，还需要一系列配套改革。首先是放松对民办学校的管制。在菲律宾，办学校不需要政府批准，在印度还不行。还要允许以营利为目的的学校的成立（印度不允许以教育谋利）。在这方面中国比印度走得更快些。2002年我国《民办教育促进法》实施，已允许民办学校赚钱。近年来我国农村民办学校欣欣向荣，发展十分兴旺。过去大家以为只有城市高收入家庭才会有对民办学校的需求，农村收入低，不会有民办学校出现。其实不然，甚至比较贫困的地区也有民办学校兴建。城市里为打工子女办的民办学校更是需求旺盛。

如果通过教育券使公办民办公平竞争，肯定会有一批公办学校被民办学校取代，造成公办学校关闭，教师会失业。因为就学儿童总数不变。多一所民办学校，就会少一所公办学校。从宏观着眼，应该让民办学校通过竞争吸收高质量的老师，包括公办学校里的。公办学校办不好往往不是老师不行，而是校长缺乏自主权或管理混乱，人不能尽其才。

在印度，有关部门曾研究和比较了公办学校和民办学校的教育质量。结果明显证明在同样办学条件下民办学校的优越性。但按目前资金条件而言，民办学校竞争不过公办学校，因为它们没有政府拨款支持。如果教育券方案能通过，两种学校都能从竞争中得益。最后得到好处的是学生（可能也包括民办学校的老师，工资能有所增加）。公民社会中心负责人告诉我们，这个方案得到印度国家计划部门赞成，但教育部门明显反对。因为如果发放教育券，教育主管部门把拨款权力交给了学生，决定学校命运的变成了学生，而不是政府教育部门。教育改革的阻力往往来自主管教育的政府部门。这在任何国家都一样。

我国浙江省也试办了政府拨款的教育券，成绩良好。印度的改革更为我们试办教育券增强了信心。

（2011年9月9日《东方早报》）

比利时为什么不乱

梁文道

我还是想再说一点关于“乱”的事，是因为那天在北京坐车，遇到一个热烈关心时事的司机。他刚听完收音机里报道比利时政党斗争的消息，然后语重心长地说了一句：“所以说，我们中国绝对不能搞西方那一套，否则岂不闹翻了天？你说是不是？中国可不能再乱了！”

既然这位先生提到了比利时，我们就不妨认识一下它到底怎么个乱法。打从去年6月13日大选结束以来，比利时分别代表荷兰语社群与法语社群的两大政党，一直还没磋商出一个组成联合政府的方案。两大社群两大政党彼此批评互相攻讦，使得比利时陷入长达一年的无政府状态，几乎快要打破吉尼斯世界纪录了。

“无政府”这三个字听起来很可怕，容易叫人想到满街污水垃圾、全国烽烟四起的景象。而这个无政府状态，又是由于在民主选举中，两党得票不相上下、谁也占不了绝对优势导致的结果。难怪这位先生要慨叹：中国绝对不能移植“西方那一套”。

不过这一年来，我们可曾听说过比利时治安严重恶化、国民大举逃亡的消息？似乎没有。恰恰相反，这一年来，比利时一切如常，邮差照样送信，警察照样巡逻，开灯有电，洗澡有水，和我们想象中的那种“无政府”状态相去甚远。

为什么人家没有强有力的中央政府，但整个国家还是可以如常运转呢？我对那位先生解释，那是因为，这个国家只是没有在政治上作决策的政府，但负责执行政策的行政机器还是好好的，该干什么就干什么。我还顺便向他介绍，日本十来年首相如走马灯转，印度曾经二十四党联合组阁。直到下车，我看他表情有点茫然，不确定他到底如何看待我所说的这种“党政分家”。

其实，导致乱局的途径十分多样，正是条条道路通乱象，所谓“西方那一套”只不过是其中之一罢了。有时候我们听说，言论放得更开会造成“天下大乱”；有时候我们听说，民间团体不受政府主管会“天下大乱”；又有些时候我们听说，让记者自由采访灾难现场也会“天下大乱”；最近还有人指出，如今这么多“独立候选人”参选人大代表，还可能会闹出一个“天下大乱”的局面。我几乎没见过很严密、很有逻辑性的推理，通常总是像这位司机一样，简单地下个结论：“总之，中国不能乱！”

这句话对不对？当然对！中国能乱吗？当然不能！不只政府怕乱，每一个头脑正常的中国人也都害怕乱。因为，“乱”这个字会让大家想起“文革”年代学生斗老师、政府半瘫痪的往事，甚至联想到军阀割据交相恶战、八国联军烧杀掳掠的场面。只不过我实在弄不明白，记者自由采访、公民独立参选、民间组织自治，这些使一个社会成长、成熟的行为，究竟为什么让人产生了对上述这般乱象的恐惧。

历史上，有不少政体是靠集体恐惧来维系的。

我在台湾曾经历过“白色恐怖”的尾声，学校一天到晚就警告孩子，“匪谍就在你身边”，大街上也布满了类似的标语。从“冷战”到反恐，美国也有不少这种激发恐惧以动员国民向心力的例子。它们的共通点在于，那些令人恐惧的东西总是无色无味，形状不定，几乎液态般地足以渗透进任何角落。更准确地讲，恐惧的对象是模糊不清的，是不能被准确界定的。因此，这种恐惧方可被利用来证明当政者的各种作为。蒋介石利用它来对付主张开放政局的雷震，把他定性为“共党的同路人”；小布什利用它来扩大总统的权限，说是要更有效地“反恐”。

当“中国不能乱”成为集体共识之后，不只政府所做的一切都是为了稳定（例如深圳主办世界大学生运动会，于是清除可能“有害于”稳定局面的“危险人群”）。它甚至成了一个阻塞思考的障碍，使我们想不通整整一年“无政府”的比利时为什么不乱。

（2011年6月22日《新世纪》周刊）

革命之后，利比亚的未来会更好吗

——利比亚与伊拉克的转型对比

陈 斌

“很少能有幸见证历史的发生，而现在正是这样一个时刻。”几天之后，他可能就会后悔这话说太早了，因为此时，阿拉伯民主化浪潮的后面几个波峰还没有抵达，令观潮人大饱眼福的更壮观画面还在后头。2月15日，利比亚的班加西、的黎波里等城市发生示威，要求执政了42年的卡扎菲下台，掀起了大戏的序幕。在半年之后的8月底9月初，终于演到了大结局，与观众的心理预期相去不远。

显然，“破”的阶段即将结束，“立”的阶段正在到来，利比亚的“布新”能否在给力程度上不逊于“除旧”？乐观者激情澎湃，相信利比亚事件破除了亨廷顿伊斯兰文明与现代文明不能兼容的论断；悲观者不以为然，预言利比亚可能将成为极端势力的逐鹿之地或“另一个伊拉克”。孰是孰非？

国际干预的模式不同

把利比亚和伊拉克放到一起比较，并不专断和随意，两国在地理、民族与宗教及转型前政治上相似之处颇多。

两国都位于环地中海的“新月地带”，同属阿拉伯世界。根据2009年Pew研究中心报告，利比亚、伊拉克的穆斯林人口占总人口的比例分别为96.6%和99%，但前者基本为清一色逊尼派，后者什叶派与逊尼派的比例大致为2：1。独立前，两国均为欧洲国家的殖民地；转型前，两国均是被“超凡魅力型领袖”统治的世俗专制国家，“大阿拉伯利比亚社会主义民众国”的卡扎菲和“阿拉伯社会复兴党”的萨达姆执政都超过40年，都奉行阿拉伯民族主义和社会主义的意识形态。

而且，两国在转型期“破”的阶段都有国际力量干预，不过外力干预及国家转型的模式很不一样。2011年3月19日，以北约为核心、有阿拉伯联盟国家参与的国际力量发动了“奥德赛黎明行动”，拿着安理会“保卫利比亚平民”的授权，没有派出地面部队，仅对卡扎菲的重型武器和指挥中枢等军事目标进行定点精确打击，实际效果是配合、支援了班加西的全国过渡委员会武装对卡扎菲军队的战斗。在起事六个多月后，班加西武装终于拿下了首都的黎波里，冲突的代价是数万利比亚人的生命，但负责国际干预的飞行员并无伤亡。这是内力在前台当主角、外力在后台提供关键支持的模式。

刚好在8年之前，2003年3月20日，以美英军队为核心的国际联合部队启动了“伊拉克解放行动”，旨在推翻萨达姆政权，派出了包括美军24.8万人和英军4.5万人的地面部队。以摧枯拉朽之势，不到一个月就宣布“主要战事结束”，拿下了伊拉克，美英士兵分别有128人与31人死亡，成为速胜的经典。这是外力大包办的模式。

基于国内讨论之后的宪政共识

不同的外力干预及“除旧”模式，其总体的成本—收益结构是不一样的。伊拉克模式的好处是外力主导，短平快，但没有安理会的授权；利比亚模式是凝聚了国际共识之后的有限外力干预，内力主事，但起效较慢。这就给接踵而至的“布新”带来了几方面的不同效果。

首先也是最重要的，利比亚模式更有利于一个对国家前途命运的共同讨论和共识的形成，以及内部民主宪政力量的自生自发、健康成长。这两个方面对“布新”的意义，再怎么强调也不为过。

两国在转型之前，都是偏极权主义的政治模式，均有强大的“国有经济”，政权对民众的经济与社会生活进行严厉控制。人人处在“单子化”的生存状态，既无言论的自由市场，也无政治的自由市场，意味着社会对国家现状和未来不可能有公开、正式和成熟的讨论，任何独立于政权的组织都没有成长的空间，更不要说对现代政治文明的模式与价值有深入认识的组织了。

就利比亚而言，当转型到来之时，言论与政治的自由市场一下子打开了，涌现多股对现政权因“恨”而生的政治力量：有从现政权脱离出来的高官和将士，有被现政权长期打压的宗教力量，有被现政权放逐而在民主国家定居的专业人士，有被现政权侵夺了经济机会的中间阶层……

这些力量有共同的敌人，在大敌当前之际暂时联合起来没有问题。但随着胜算的上升，必然要面对诸如将要建立一个什么样的新国家等课题，因为反对“卡扎菲的专制”并不必然倾向于建立民主，也有可能倾向于建立某一个人或某一派别的专制。这就意味着反对派及民众将日益卷入一场关于未来国家走向的公共讨论，讨论的目的是最大限度地凝聚政治共识，先行从理念上塑造未来的利比亚。

有互联网的帮助及海归人士的现身说法，民众也不难知道真正的民主生活是什么样的。在充分知情的言论自由市场之下，民主与宪政相对于其他方案更有优势，这并不奇怪，至关重要的是，这样的方案是利比亚人民充分讨论、自主选择的结果，是内生的，因而更有一种道义上的优势。本质上，民主并不需要强加，需要强加的是专制，只要所有人都可以畅所欲言、有广泛深入的公共讨论，民众倾向于民主还是专制是不言而喻的。

公共讨论的结果、民众总体上的偏向，会给民主与宪政力量的成长壮大提供光照与养分，会有利于这类主张的组织在政治的自由市场取得竞争优势、得到大家的认可与祝福，民主力量的成长是对种种改头换面的新专制力量最好的抑制，而旧专制力量又一天天在战场上被消灭，这意味着民主力量正取得对专制力量的优势。而民主力量在多大程度上压倒专制力量，将决定建立民主的过程是难是易、民主建立后有多少活力及未来国家政治文明的品质怎样、成色几何。

在伊拉克，一切都太快了，人民的思考和反应一时跟不上来，在人民对未来国家应该是什么样子的还缺乏一个公共讨论、还没有一个清晰的共识时，旧专制力量已被打垮，但民主力量还没有时间足够壮大而有能力主导这个国家的未来，种种新专制力量粉墨登场，企图按照自己的蓝图和方式塑造这个国家："基地"组织用恐怖袭击恐吓伊拉克人民走向投票箱，萨德尔培植私家武装割据一方企图建立政教合一小王国，世俗原则和妇女权益受到原教旨势力的挑战等。

在推翻萨达姆的战争结束后的第三个年头，伊拉克才相继有了一个民选的临时政府，起草并通过了一部算得上民主的宪法，选举了国民议会。为了保卫这个先天不良、后天失调的虚弱民主政权，美军在8年中总共付出了4474条生命，超过了"9·11"事件的死亡人数，其中在2004—2007年这4年间，每年都阵亡800—900人，这几乎让当初的速胜成为一个笑柄。在伊拉克，"除旧"之易与"布新"之艰难形成了鲜明的对比。

民众的力量

其次，利比亚模式是内力为主角，人民上前线流血牺牲，民主力量与专制力量进行着殊死的搏斗，旷日持久。人民知道胜利的果实来之不易，将会在理智上更珍惜、在情感上更认同未来的民主，而不会被种种披着民主面纱的新专制所蒙蔽，知道如果新专制一旦得逞，这血又白流了，将来又得再流一回。我们都知道大学生每月花家长给的1000元钱不心疼，大手大脚，但花自己辛苦打工挣来的1000元就会心疼，不会随便乱花。这是经济学上的“历史成本”幻觉，虽然1000元无论其来源如何价值是一样的，但不同的来源确实会影响人的行为。伊拉克的民主对其人民来说，是得来全不费工夫，对按照民主本身价值来理解的人来说，这并不构成困扰，但对看重来源的人来说，就会有心理上的困扰。

内生的宪政民主更具合法性

最后，是合法性问题。尽管从学理上来讲，民主制度本身就有合法性，这种合法性来源于民主本身的价值，而不取决于民主建立的途径，但利比亚模式中有一个国家未来走向的公共讨论，有民主力量自然成长的机会，取得民主成果需要付出艰辛的努力。这些在伊拉克模式中阙如的东西，是赋予未来民主更高品质的要素，会给民主带来更强更大的合法性，意味着民主有着更丰裕的道德资源和社会认同的支撑。

值得一提的是，由于（一）利比亚模式中倡导内力做主角，国际力量做有限干预，而对随后的利比亚“布新”建立民主，相对于伊拉克模式有上述丰厚的社会利益，这种干预受到利比亚人的欢迎；（二）有国际社会“采取一切必要措施但不包括派遣地面部队保卫利比亚平民”的授权，国际上的反对声音较少；（三）国际干预的成本更低，2011年6月布朗大学估计美国在阿富汗和伊拉克战争中花费为3.7万亿—4.4万亿美元，这钱大部分是花在伊拉克的，利比亚的干预模式将有可能成为今后主流的国际干预模式。

迄今为止，已经有了三种干预模式。第一种是美国在日本的模式，在摧毁专制制度和建立民主制度两阶段均由外力主导，日本的和平宪法是由麦克阿瑟领导的盟军最高统帅部制定的，效果不错，但已成为历史。第二种是美国在伊拉克的模式，除旧阶段由外力主导，布新阶段让伊拉克人自己来，效果不尽理想，重演的可能性较小。第三种是国际干预力量在利比亚的模式，除旧阶段也让内力唱主角，外力扮演支援角色，可为布新阶段做良好的准备，有迹象显示，在未来可能是可取的模式。

民主宪政需有传统转型

上述分析只是意味着利比亚在建立民主制度上会有较大的概率比伊拉克

顺利一些，但并不意味着利比亚今后的民主道路将一帆风顺，事实上，由于传统与民主之间的张力，有反复将是不可避免的。

就西方而言，政教分离早就不成其为问题，这是因为，16世纪西方的宗教改革，主张人人都可以通过《圣经》与神直接对话，出现了路德宗、加尔文宗等新教，其意义是打破了天主教在西方一统天下的垄断局面。在基督教的大框架内，出现了宗教的自由市场，竞争给不同的教派都带来了活力，就像中国当年小灵通风行时，不使用小灵通而使用移动电话的人也享受到了因竞争带来的资费降低。而在宗教改革之前，天主教和东正教一西一东，好比现在南方电网与国家电网的分区垄断，没有真正的竞争。

在阿拉伯世界，并没有过西方意义上的宗教改革，两大教派类似于新教出现之前的天主教和东正教分区垄断，政教分离尚未成为一种共识。这意味着这些国家一旦转型，其传统与民主之间必然会存在极大的张力。当然，张力的另一面意味着对话，在对话中每一方可能都会有所改变，但总体上是谁的力量弱，谁被改变的程度就越大。在转型前，利比亚和伊拉克均通过世俗力量强力压制宗教力量；在转型后，伊拉克出现了宗教力量的反弹，甚至什叶派与逊尼派之间的教派冲突也浮出水面，利比亚恐也难以避免。

（2011年9月22日《南方周末》）

史 见

刁民其实是政府的好学生

何 兵

吴思先生有篇文章《新官堕落定律》，谈历史上的书生，进入官场后缘何变坏。他说，读书人先是接受圣贤教育，进入官场后，则是接受胥吏衙役和人间大学的教育。第一次教育，学会了满口仁义道德；第二次教育，教了他们一肚子男盗女娼（吴思：《潜规则——中国历史中的真实游戏》，云南人民出版社2002年版）。

吴思说官场教人变坏，而托克维尔在《旧制度与大革命》（商务印书馆1992年版）中说，法国大革命也是政府教出来的，政府在教育人民造反。

托克维尔是法国政治家和政治思想家。1856年出版的这本书，专门研究法国大革命的起因与结局。他预计这本书市场前景暗淡，因为“只有自由的朋友们爱读这本书，但其人数屈指可数”。岂料三年间，此书在法国印行四版，到1934年，印行了16版。

书中有一章，题目叫《政府完成人民的革命教育的几种做法》。他说，最有害的教育，莫过于刑事法庭在涉及人民时所依据的某些形式。穷人在抵御比他更有钱有势的公民的侵害方面，远比人们想象的更有保障，但是当穷人和国家打交道时，他们就只能找到特别法庭、有偏见的法官、仓促而虚假的诉讼程序和不得上诉的假执行判决。

对于刑事诉讼的功用，我们的教科书有个标准答案：第一，实施惩罚，保障无辜的人不受追究；第二，教育人民遵纪守法。这是就公正的审判而言。如果审判不公，当事人、旁观者以及他们的亲朋好友，无疑接受了再教育。教育他们，法律是写给人看的，不是用来遵守的，是骗人的把戏。

如果没有法律和法院，老百姓有无限的手段，来抵抗非法拆迁。但面对有偏见的法官和虚假的诉讼以及背后的国家暴力，穷人无能为力。但他们很快又找到新方法——上访，这又使官员无可措手。正是这样的诉讼，教育了穷人，生存的规则是冒险而不是守法。官员口中常说的“刁民”，其实是他们的好学生。

对于“秘密逮捕”，书中有类似的议论。他说：“遭这样逮捕的人常常长期监禁而不送审；但是敕令（按法律的一种）却命令所有被告须24小时内受审。和我们今天一样，这项规定既不公正，也不被遵循。”托克维尔说的是150多年前法国的“今天”，但你可以据此理解，为何今天的中国网民热议“秘密逮捕”。

最吊诡的是，由于穷人饱受这种虚假诉讼的教育，他们在革命成功以后不会别的，只会将受过的教育再次付诸实践。“旧制度给大革命提供了它的许多形式，大革命只不过又加进了它的独特的残忍而已。”对革命史有所研究的学者，对此有悠然心会的感觉。

他还谈到了法国当年的筑路和拆迁：“政府每年都现身说法，告诉人民对私有财产应持轻视态度。18世纪下半叶，当公共工程尤其是筑路蔚然成风时，政府毫不犹豫地占有了筑路所需的所有土地，夷平了妨碍筑路的房屋……被破坏或毁掉的财产总是迟迟得不到赔偿，赔偿费由政府随意规定，而且经常是分文不赔。”受这种漠视财产权的教育浸染，大革命后成立的新政权同样漠视财产权。

革命者的激情，来自他们对旧制度的仇恨和对未来黄金世界的想象。一旦革命成功，他们很快就丧失了锐气。他们从专制政府习得的思维和手段，他们用暴力摧毁旧制度的余热，使得旧的制度有了重建的极好机会。于是，“从刚刚推翻王权腹部的民族的腹部深处，突然产生出一个比我们列王所执掌的政权更庞大、更完备、更专制的政权”。

（2011年9月11日《南方都市报》）

拖垮了苏联的“特供”

余以为

将衣食住行等维持生命的基本需求全部由政府分配，这是苏联在1918—1920年国内战争时期采取的经济政策，称作军事共产主义。实行军事共产主义时期，苏联遭遇严重的粮食危机。在一次会议上，时任粮食部长的瞿鲁巴突然昏倒，他是饿晕的。作为主管粮食的最高官员，却没能填饱自己的肚子，这样下去队伍没法带了，列宁当即指示设立“疗养食堂”。“疗养食堂”就是“特供”的最早起源。

“疗养食堂”只能让一部分人先饱起来，“疗养食堂”之外的惨象，由中国报纸派驻莫斯科的特约记者瞿秋白忠实地记录下来：“一堆一堆饥疲不堪的老人幼童倒卧道旁，呻吟转侧。竟有饥饿难堪的农家，宁可举室自焚。还有吃死人肉的呢。”苏联饥民甚至影响到中国社会的稳定，穿越边境的苏联难民中间混杂着数不清的武装分子和间谍，面对这种严峻形势，中国各界捐款捐粮，合力组织“俄国灾荒赈济会”，集粮数百车过境救济俄国灾民无数。李大钊和彭泽湘等人最初都是以“俄国灾荒赈济会”的名义奔赴苏联的。

1920年列宁实施新经济政策，恢复市场交易，经济形势得到改善。但是斯大林打倒托洛茨基和布哈林之后，终止新经济政策，开展农业集体化和社会主义工业化运动，后来被称作斯大林模式。斯大林模式虽然是从新经济政策朝军事共产主义的方向倒退，但没有完全回到军事共产主义体制。斯大林模式主要是政府全盘控制生产环节，而在分配环节则分为两部分：一部分是特供体系，一部分是普通商店。

特供商店商品丰富，价格与国际接轨，普通商店不仅价格高，而且长期短缺，有钱买不到东西。“二战”后，苏联的生产效率一直在提高，但是国民生活水平改善缓慢，因为庞大的特供体系霸占了经济增长的大部分成果。

勃列日涅夫特别推崇主管意识形态的苏斯洛夫说的一句话：“干部队伍的稳定是成功的保障。”特供体系下，特权与职务挂钩。为维护干部队伍的稳定，干部通常只升不降，升到国家领导人的行列，便终身任职不用退休。领导干部终身制，堵住了年轻干部的晋升通道，为了调动年轻干部的积极性，不得不增设机构以增加领导岗位。到上世纪70年代末，苏共中央直属的部级机构达到了20个之多，其中大部分与政府机构重叠。特供系统不仅按级别照顾领导干部，而且扩大到他们的家属，形成庞大的特权阶层。

特供不仅要满足特权阶层的消费需求，而且是黑市商品的主要来源。苏联的特供体系也不局限于特供商店，而是深入到了服务业，医疗保健、子女教育、休闲旅游自不必说，连空姐和飞行员都是特供的。特供系统稳定了干部队伍，但是特供机制对经济增长毫无贡献，而且负担越来越重。当家人知道状况不可持续，70年代末，苏联部长会议主席柯西金和他的助手起草了一份关于经济改革的报告，在领导层引起特供受损的担忧，结果柯西金的助手被撤职。等到戈尔巴乔夫接手的时候，苏联经济已是沉疴难起。

戈尔巴乔夫的政治体制改革给人留下深刻印象，但是他最初也是从经济领域开始改革的，只是没有成效。在1985年召开的苏共中央全会上，戈尔巴乔夫说："决定国民经济发展主要方向的，不是市场，也不是自发力量，而首先应当是计划。同时，应当对计划工作采取新的态度，积极采用经济杠杆，为发挥劳动集体的主动性提供广阔天地。"不作私有化改革，不准许个体经营，不开放外商投资，仅仅扩大国有企业主权，实行工人选厂长的所谓"民主管理"，这些措施导致生产效率下降。适逢国际石油价格下跌，发钞失控，以致通货膨胀愈演愈烈。这才不得不进行政治体制改革，以舒缓社会压力。

在特供环境下成长起来的苏联领导层所能想到的改革方向，是把自己熟悉的特供体系扩大，希望最终把工人阶级也囊括进特供体系中去。不过，历史没有让这个目标最终实现。

（2011年5月19日《时代周报》）

苏联时代的“被精神病”恐怖

余一中

精神病是一种精神疾病，本来与政治无关。但是统治者却往往出于政治目的把政治观点和他们不一致的人看作精神不正常的人，也即精神病人。

斯大林因20世纪30年代“大恐怖”时期实行大规模的逮捕、审讯、囚禁和枪杀搞得国内危机四伏，国外声名狼藉，遂把罪责推到暗藏的“人民之敌”内务人民委员叶若夫身上，并用双手同样沾满鲜血的贝利亚接替了叶若夫。斯大林还命令叶若夫扮演“自由主义者”的角色，清查制造“大恐怖”的各级“三人小组”（当时由各地内务人民委员部的三名工作人员组成的小组就可以决定被审查人的生死）的罪恶并惩办相关的责任人，平反一些冤假错案，严格今后的办案程序，以便给人以苏联严格实行法制的印象。

实行法制就意味着苏联当局无法再像30年代那样随意将批评领导和持有不同政见的人逮捕入狱或投入劳改营了。于是把不服当局“管教”而又不具备构成犯国事罪的材料的公民投入精神病院的做法就应运而生。1939年，贝利亚亲自把喀山精神病医院划归苏联内务人民委员部喀山监狱管辖。从此苏联有了第一个监狱精神病院。尽管按照苏联法律，在押的犯人转送精神病院做强制治疗须有法院认定，但据后来的文件披露，关在喀山监狱精神病院里的绝大多数人都是未经法院批准而由强力部门直接送去的。另外，当时苏联内务人民委员部的文件规定，该监狱囚禁的都是患精神病的“国事（罪）犯”。而刑事罪不是国事罪，由此可以认定所谓犯国事罪的犯人是被当局视作“社会异己分子”和“人民之敌”的人，也即和普通苏联公民不一样的，认识到斯大林的“自由”、“平等”口号的虚伪性，不愿当“螺丝钉”和“驯服工具”的人。

把看着不顺眼的人关进精神病院，对于当局是一件既维护了法制体面，又体现了人道主义，还免除了内务部门的侦讯之苦和司法部门的斟酌刑期之劳的大好事。于是这种做法就从斯大林时代延续到了赫鲁晓夫时代、勃列日涅夫时代、安德罗波夫时代……所以后来在列宁格勒、加里宁格勒等地也开设了一些监狱精神病院，或在普通的精神病院里分设了专属强力部门管辖的科室，以满足当局日益增长的收押异己分子、维持稳定统治的需求。而在领导苏联建成了“发达社会主义”并正在向共产主义迈进的领袖们看来，判定异见分子是精神病的理由如同赫鲁晓夫说过的那样极其简单：“只有精神病人才怀疑苏联光明美好的前途。”

在以精神病为名惩治异见分子的事业中，苏联的内务部、克格勃等强力部门起了重要的作用。很多“精神病人”都有难忘的体会。

若列斯·梅德韦杰夫是著名的苏联生物学家。他生于1925年，参加过卫国战争，是“解冻时期”成长起来的优秀科学家。还在20世纪60年代，他的《蛋白质的合成与个体发生问题》、《生长过程的分子遗传学机理》、《李森科沉浮记》等书就已经被译成英文在西方出版，为他赢得了世界声誉。1970年5月29日（星期五）夜晚，一组警察来到他家，要带他去市精神病院做“鉴定”和“住院观察”，被梅德韦杰夫义正词严地拒绝了。当时正好在场的梅德韦杰夫的同事们纷纷谴责警察的违法行为。为首的民警少校粗暴地回答：“我们是强力部门的，你们爱上哪儿告上哪儿告去。”说完，当着梅德韦杰夫妻子和子女的面就给他戴上手铐，送进了卡卢加市精神病院。

5月31日，强力部门把若列斯·梅德韦杰夫关进精神病院的暴行激怒了一大批社会知名人士，他们是：苏联科学院院士阿斯塔乌罗夫、恩格尔噶尔特，著名作家特瓦尔多夫斯基、田德里亚科夫等。他们致电卡卢加市精神病院的总医师利夫希茨，抗议对若列斯实行强制治疗。在接下来的日子里，苏联科学界、思想界和国际社会为若列斯·梅德韦杰夫获得自由作了巨大努力。萨哈罗夫、索尔仁尼琴分别给勃列日涅夫写信。萨哈罗夫在信中说：“若列斯·梅德韦杰夫是遗传学家兼政论作家，他是一个具有出色的、灵活而精确的思维的人，一个心地善良的人。”这样优秀的人竟然被说成是“精神病人”，那么“若列斯·梅德韦杰夫的遭遇明天就会成为我们当中任何一个人的遭遇”。“这种没脸说出真实原因却毫无根据地变着法子惩治人的做法正在成为时髦。”这些话道出了笼罩着苏联的“被精神病”恐怖。在国内外舆论的强大压力下，若列斯·梅德韦杰夫于6月17日被从精神病院里放了出来。

如果说梅德韦杰夫的活动涉及政治和国际问题，那么，一些平民百姓也就只是因为个人私事而发发牢骚罢了。但即使这样，他们也逃不脱强力部门鹰犬的魔爪。例如，一个名叫谢罗夫的人在街头贴了这样一份用打字机打的征婚小广告："同志们，在民主德国征婚广告是可以在报纸上刊登的。亏了有这种广告，在民主德国25岁以上的男女只有3%没有结婚，而苏联却是18%。苏联宪法保障发表的自由，可苏联并没有发表的自由，所以报纸不刊登征婚广告。所以我只好把我的征婚广告贴在电线杆上和院墙上了。"很快，警察来到他的工作单位，把他送进了精神病院。

因为苏联公民维权意识不断增强，正直的公民和精神病医生们的努力抗争，1970年以后有关苏联利用精神病院迫害异见人士的消息渐渐被透露到国外，引起了世界各国人民的关注。连"文革"中的中国报刊也曾谴责过苏联政府用精神病院镇压苏联人民的罪行。1977年于檀香山召开的世界精神病学大会在审阅了专案组提交的关于苏联精神病治疗领域受害者与施害者的材料并认定其真实可信后，通过了谴责苏联出于政治目的滥用精神病治疗手段和药物的决议。大会还停止了苏联神经病学家与精神病学家协会在世界精神病学组织中的活动。

20世纪80年代后半期，苏联发生了天翻地覆的变化。民众的自我意识觉醒了，社会变得开放了，许多禁忌被解除了。关于苏联利用精神病院迫害政治异见人士的信息被大量揭露出来。出于政治目的利用精神病治疗手段和药物的做法似有收敛，但事情远没有结束，因为许多当年穿白大褂的罪犯并没有得到惩处，政治强权也依然存在。据俄罗斯媒体最近的报道，在地方上投诉精神病医生的案子中有16%是涉及动用精神病医疗手段压制异议人士的。这说明精神病恐怖的阴影还在游荡，只是游荡的范围缩小了而已。

或许，政治家们应当多一些宽容，即使你非常正确，代表了民众的绝大多数，反对你的只是一小撮人。伟大的苏联作家高尔基和扎米亚金都曾自称为"异端"、"异教徒"，他们都说过这样的一句话："历史是由异教徒推动的。"想一想吧，当初苏联当局如果听得进梅德韦杰夫关于苏联科学的意见、格里格连科关于警惕新的个人迷信的意见和苏军撤出捷克斯洛伐克的意见、谢罗夫关于发表自由的意见，苏联还会解体吗？

（2011年1月25日《南方都市报》）

清代如何处理拐卖儿童致残行乞

四 一

清乾隆三十五年（1770年）的一天，江苏震泽县的市桥上出现一个少女，年十五，美貌而无足。她长跪乞钱，至暮仍一无所得，于是开始哭泣，还喃喃自语说“今日必被打死”，声音甚是惨切。有五六个路人怀疑，就躲在附近伺察。晚间，果然来条大汉，将少女背起就走。几人暗暗跟踪，随其行至城外河下，遥见一条船内，还有三四个童男女，也都断臂残肢。撑船者五六人，都是大汉。跟踪者立刻通知巡役前来捕拿，大汉们纷纷跳水逃跑，只逮住一个大汉，不过残疾少女和儿童们都获救了。巡役询问之下，才知这些孩子自小被拐，麻醉后以刀致残，然后带往各地乞讨。先前的无足美貌少女，正是震泽县一绅士家七年前失踪的女儿。

这个悲惨的故事为文士常辉写入《兰舫笔记》，他还写道：“余巷在都中，每见有怪人，种种奇形，或短至二三尺，或有上身而无下身，或反臂膀，或独足，种种奇形……”可见“无足少女行乞案”并非孤例。

拐卖儿童致残后行乞，在古代有专门术语，叫“采生折割”。清人俞樾《右台仙馆笔记》载：“光绪丁丑九月，扬州城内教场中有山东人张设布围，其中有奇形人五：一男子上体如常人，而两腿皆软，若有筋无骨者……一男子胸间伏一婴儿，皮肉合而为一，五官四体悉具，能运动言语；一男子右臂仅五六寸，右手小如钱，而左臂长过膝，左手大如蒲葵扇；一男子脐大于杯，能吸淡巴菰，以管入脐中，则烟从口出；一女子双足纤小，两乳高耸，而颔下虬髯如戟。于是观者甚众。事闻于官，谓是采生折割者流，逐之出境。”山东人控制下的行乞五人，样貌畸形到不忍睹的地步，而且极可能是被人为致畸，因此官方才含糊地称作“采生折割者流”，并“逐之出境”。

明清两代，采生折割的现象虽不普遍，但也不算罕见。在晚清徐珂的《清稗类钞》中，还记有数则更为残酷的故事，并在条目之前称：“江湖匪徒有以采生折割为利诱拐小儿者。其得之也，以强力，以诡计，亦合棍徒骗子而为一人也。”

徐珂收集的一个故事发生在乾隆年间的长沙。“市中有二人，牵一犬，较常犬稍大……耳鼻皆如人，绝不类犬，而遍体则犬毛也。能作人言，唱各种小曲，无不按节。观者如堵，争施钱以求一曲。”县令荆某途遇之，觉不对劲，命役引归，严刑拷问带犬之人，方才真相大白。原来这看似人犬的怪物，“乃以三岁幼孩作成，先用药烂其皮，使尽脱，次用狗毛烧灰，和药敷之，内服以药，使创平复，则体生犬毛，而尾出，俨然犬也。此法十不得一活，若成一犬，便可获利终身。所杀小儿无数，乃成此犬”。带犬之人还随身携带了不少木头人像，呈现出不同的残疾特征。问木人何用，答曰：“拐得儿，令自择木人，得跛者、瞎者、断肢者，悉如状以为之，令之作丐求钱。”这真是闻所未闻的恶行，带犬二人被立即处死，其携带的畸人也由官府发钱给养。

同书还记载，在乾隆年间的苏州虎丘，有丐携带能作字写诗但不能说话的人形狗熊在闹市行乞。后经官府审问，人狗熊是少时被拐的农村儿童，被此丐以特殊手法致哑，并造成人狗熊模样。此丐也被立杀，人狗熊则被送返回乡。

以今日眼光视之，徐珂等人的记载不无猎奇、夸大的嫌疑，但其背后透出的残酷社会现象，则当非虚构。实际上，与“采生折割”相关联的术语还有“拍花”。《红楼梦》中都用过这词，指歹徒以迷药拐骗儿童，之后再行“采生折割”。清人李虹若《朝市丛载》说：“拍花扰害遍京城，药术迷人任意行。多少儿童藏户内，可怜散馆众先生。”“拍花”之患在某个时段曾是如此猛烈，竟让儿童不敢出户玩耍，也不敢去私塾读书，以致私塾先生们只好散馆。

针对“采生折割”，官府也有严厉的法律条文以规训与惩罚。《明律》中规定：“凡采生折割人者，凌迟处死，财产断付死者之家。妻、子及同居家口虽不知情，并流二千里安置。为从者斩。”《清律》更将“采生折割”列入“十恶”第五“不道”中，犯者凌迟处死，不可赦免。不过从上引笔记小说的记载看，严刑并未彻底消除“采生折割”的恶行。法律是解决社会问题的极重要手段，但不是唯一手段，有时也不是终极手段。如果赤贫状况不能得到普遍解决，如果社会道德伦理不能普遍改善，则始终有人铤而走险。

幸好，清政府没有因为个别“采生折割”的存在，就全面禁乞或禁童乞。在清代，有相对完备的乞丐管理制度。据学者杨恒研究，清政府管理乞丐主要有四项办法：选立丐头为管束之人；查造丐户牌册；驱逐少壮乞丐，设立栖流所；安置老幼乞丐，禁止散处。

丐头自己也是乞丐，同时还是官方指定约束本地乞丐的“保甲长”。乞丐的保甲册牌和普通民户不同，唤作《丐头循环册》，详细列有丐头姓名、管理乞丐人数、年龄、籍贯、体貌特征和栖所。册上并规定乞丐只许在指定范围内行乞，不许硬索强讨等。丐头要随时负责稽查册内乞丐有无匪行，并向官府及时禀报，如册内乞丐违法，则丐头要连坐。此外，由于乞丐的流动性较强，丐头还须定时更新册内乞丐名单，注明旧管几人，新收几人，开除几人，实有几人等，每月的末尾送官府倒换，相当于“月检”。

与循环册配套的，是乞丐腰牌，差不多相当于“行乞执照”。正面为县令示谕：“县正堂谕士丐知悉，凡尔一类，奸匪易混，今各给腰牌随带，如有外来游丐，留心盘诘，尚遇行迹诡秘，立即通知丐头禀究，毋违特谕。”背面为姓名、年龄、体貌特征、住址、分管丐头姓名、编号等。乞丐必须随身携带腰牌，如有病故或另迁，丐头要收回腰牌，上交县府，并在册内“销户”。

至于少壮乞丐，清政府理论上是不许其存在的。一般是将少壮乞丐遣返回原籍，“令本土里族收管着业，或有司别立安设”，迫其劳动就业。那么，哪些属于少壮乞丐呢？清政府也有规定：“除瞽目跛足及七十以上男妇，十三以下小儿不禁外，其游食僧道、乞食壮丁，一一清还原籍。”但瞽目跛足者不禁乞，某种程度上可能助长“采生折割”，这也许是政策制订者没想到的。

对老幼乞丐，清政府则实施带有一定福利色彩的政策，在各地设立栖流所集中安置。栖流所通常设在较偏僻的闲置空房或空庙，政府会拨出一定款项，给予所内之人救济。譬如乾隆时，京师五区共设有六处栖流所，每年由户部拨出银两，安置乞丐。

清政府虽无今日之公共管理理念，在打拐与乞丐救济管理上却不失清醒。首先，清政府将打拐与乞丐救济管理分开，并未混淆。打拐则用严刑峻法，救济管理则纳入公共政策。其次，清政府将乞丐的救济管理设为日常工作范畴，而非谁谁谁的一时心血来潮。此外，士绅社会也为政府无力或无暇顾及的救助乞丐之慈善事业提供了强有力补充。最后，清政府乞丐救助管理制度设计上还有一个亮点，就是将乞丐人群细分，老幼者救济之，青壮年改造之。尽管在实际执行中会有这样那样的偏差和问题，但总体视之，清代的乞丐管理救济制度较此前历代更人性化，活儿更细，也更先进。

（2011年2月20日《南方都市报》）

清代的“限娱令”：禁毁“不健康”戏曲

吴钩

在电影、电视、卡拉OK等现代娱乐方式被发明出来之前的古代社会，受众最大、影响最广的娱乐节目大概要算戏曲。

清代的戏曲业非常发达，这里有两个观察指标：其一，随着戏曲娱乐业的兴盛，从业人员的增长，在优伶云集的城市，通常都建立了地方戏曲界的“自治组织”——“梨园公会”。其二，戏曲在清代社会的受欢迎程度也是空前的，当时的阔绰人家、达官贵人办个喜庆、宴请个贵客什么的，如果没有叫来戏班子演戏助兴，简直就显不出排场。就连乾隆皇帝也是出了名的戏迷，他曾指令大臣编写“节戏”与“宫廷大戏”，创立宫廷演戏的“月令承应”与“庆典承应”制度。

但就是这么一个热爱戏曲的皇帝，又非常热衷于禁戏、限戏。乾隆四十年（1775年），皇帝钦点戏文《喜逢春传奇》有“不法字句”，谕令地方官“查明所有纸本及板片，概行呈缴”，拉开了乾隆朝严厉禁毁戏曲运动的序幕。乾隆四十五年（1780年）十一月十一日，皇帝又在上谕中说：“因思演戏曲本内，亦未必无违碍之处，如明季国初之事，有关涉本朝字句，自当一体饬查。”十一月二十八日，乾隆再次下发“禁戏令”，要求各省督抚：“再查昆腔之外，有石牌腔、秦腔、弋阳腔、楚腔等项，江、广、闽、浙、四川、云贵等省皆所盛行，请敕各督抚查办。”

乾隆一朝，禁了大约三百出戏，禁戏的严厉程度，为有清一代之冠。清廷对民间戏曲的禁毁，也不仅发生在乾隆朝。同治年间，江苏巡抚丁日昌也主持过一场雷厉风行的禁戏行动，查缴“淫词唱本”数百种，当时流行于江南地区的折子戏片断、民间小戏、时曲唱本，如滩簧、花鼓、弹词、五更调、鲜花调、码头调、河船调等，都有戏目、曲目被列为必须禁毁的“淫词唱本”。

观剧看戏，本是老百姓茶余饭后的消遣与娱乐，大清的统治者为什么要对此如防大敌，这也不让看，那也不让看？个中原因，道光年间一个叫作徐时栋的官员说出来了："场上窃玉偷香，则观者淫心生；场上巧偷豪夺，则观者贪心生；场上任气力争，则观者斗心生；场上使智用巧，则观者诈心生。反而是演忠孝节义之事，则观者之良心不觉而自动矣。"因此，官府必须严格控制、限制戏目，宣扬暴力与造反思想的"水浒戏"、"历史戏"，当然要坚决禁毁。用徐官员的话来说："一切如《水浒传》、《说唐》、《反唐》诸演义，并禁绝之。已习者，不得复演。未习者，不许复学。"

有意思的是，几部戏曲史上著名的爱情戏目，如洪昇的《长生殿》、孔尚任的《桃花扇》、王实甫的《西厢记》、汤显祖的《牡丹亭》，都在禁戏之列。因为在官府看来，"《西厢记》、《玉簪记》、《红楼梦》等戏，近人每以为才子佳人风流韵事，与淫戏有别，不知调情博趣，是何意态，迹其眉来眼去之状，已足使少年人荡魂失魄，暗动春心，是诲淫之最甚者"。也就是说，当时的官府是以老百姓的"精神保姆"为己任的，他们禁戏其实有着良苦用心：防止愚昧的老百姓被不健康的娱乐节目毒害。

"禁戏"只是清政府净化、控制戏曲的"组合拳"的一部分。除了将那些"不健康"的戏目禁毁之外，清政府还加强对剧本的修改，如乾隆特别交代地方督抚，对"有应删改"的戏曲，"务为斟酌妥办"，并且"粘签解京呈览"。当过内阁中书的徐时栋还提出了一整套非常有建设性、针对性的戏曲创作指导意见——戏班所表演的戏目，要"以忠孝节义为主"；如果剧情涉及"山海之荒唐，鬼怪之变幻"，则"要以显应果报为之本"；戏文中凡是有"忠臣义士之遇害捐躯者，须结之以受赐恤、成神仙"，凡是有"乱臣贼子之犯上无道者，须结之以被冥诛、正国法"。总而言之，就是要增加道德教化、正面引导的内容。

前面说到，清代的戏曲界出现了"梨园公会"这样的"自治组织"，但这里的"自治"是必须打引号的，因为清政府不会允许民间戏班子摆脱权力的控制网络。据《燕都名伶传》记述，京城梨园的会首（伶人组织的头目），为"内务府堂所派"，即内务府控制了伶人组织的领袖人选；内务府还任命旗人当"堂郎中"，作为京城梨园的"主管单位"，会首遇有重大事宜，要叩请堂郎中定夺；梨园子弟"每组新班"，"须先将班名拟妥，送内务府堂郎中处审核，俟准后始能出演"。而堂郎中习惯搞官僚主义，对组建戏班的申请"经年累月，不易揭晓"，所以又需要会首跑内务府送礼请托。与其说当时的戏曲界是自治的，不如说朝廷与官府从未放松过对这一领域的管制。

戏曲业在过去一直被当成“贱业”看待，这当然是一种毫无道理的歧视。到了清代，从表面的一些迹象看，似乎戏曲界的社会地位已经大大提高了——不但有了本行业的“自治组织”，连皇帝都成了戏迷，一些出色的伶人甚至获得了相当大的“隐权力”，如清末的“伶界大王”谭鑫培。但实际上，戏曲业的“卑贱”地位并没有根本改观，大清皇帝对他们讨厌的戏目，想禁毁就禁毁；官府对从业的伶人，也视之为权力的附属品。可以这么说吧，在清代，戏曲其实还是被权力随意玩于掌股之上的“贱业”。

（2011年11月13日《南方都市报》）

朱熹的NGO实验

吴　钩

中国的历史演进隐含着一条虽时有起伏但总体保持向上的自由线索，体现在社会发育的层面上，秦汉之后，传统社会的自组织与自治能力，都可以说呈现出越来越发达的趋势，到了宋代，在士绅群体的倡立与组织下，民间结社更出现前所未有的繁荣局面，其中包括在一代大儒朱熹手里完善起来的“社仓结保”之法。

历史上第一个社仓，由南宋士绅魏掞之在绍兴二十年（1150年）创立于福建招贤里。稍后（1168年），魏掞之的好友朱熹也在福建的五夫里设立社仓。

宋儒设置社仓的初衷，是因为他们认为当时的官方救济如常平仓不尽可靠，士绅应当担起造福乡里之责，建立民间的自我救济体系，这样，乡人在遇到凶岁饥荒时也就不必全依赖于有司。

朱熹制订了一套完备的社仓结保制度，大体上是这么运作的：由地方政府先垫付一定数额的大米作为贷本，“富家情愿出米作本者，亦从其便”。社仓每年在青黄不接的五月份放贷，每石米收取息米二斗（年息20%），借米的人户则在收成后的冬季纳还本息。等收到的息米达到本米的十倍之数时，社仓将贷本还给地方官府或出本的富户，此后只用息米维持借贷敛散，不再收息，只是每石米收取三升耗米，以弥补仓米的损耗。

在朱子的规划中，社仓由地方士绅组织并管理，人户是否参加结保也采取自愿原则，“如人户不愿请贷，亦不得妄有抑勒”。抑勒，就是强制、摊派的意思。不过，人户“入保”有资格审查：“产钱六百文以上及自有营运，衣食不阙，不得请贷。”也就是说，有财力的人家不能申请社仓的救济。有的社仓还规定，“细民无田者不得预也”，将放贷对象限定在具备一定还贷能力之人的范围内。这是出于保障仓本安全的考虑。

从社仓的功能看，它和王安石的“青苗法”差不多，都类似于今日一些社会贤达所办理的农村小额信贷。然而，朱子社仓的立意与操作，都跟“青苗法”大不相同。王安石设“青苗法”，与其说是为“济民困”，不如说是为“富国用”，这就可以理解为什么它要收取20%的年息，而社仓尽管也收息，但达到能以息米维持运作的目标后即取消年息。

“青苗法”又由官府推行，用朱熹的话说，“其职之也，以官吏而不以乡人士君子”，官吏品行不如士君子，在执行过程中，不但将年息提高到40%，且强行摊派，把“青苗法”搞成了典型的“害民之法”。朱熹的社仓，则显然具有NGO的性质，其运作保持独立于官方权力系统之外，地方官员只在放贷及还贷时应邀前往监督，对社仓的业务并不能干预。朱熹相信，只要“官司不得抑勒，则（社仓）亦不至搔扰”。

淳熙八年（1181年），朱熹上奏朝廷，建议在全国推行社仓之法。宋孝宗采纳了朱熹之议，下诏推广社仓，四五十年下来，朱子社仓已“落落布天下”。然而，社仓在获得官府青睐的过程中，随着国家权力的介入越来越深，这一NGO也慢慢变质，最后居然成了“领以县官，主以案吏”的官办机构，并且跟“青苗法”一样暴露出“害民”的弊病。

南宋末的理学家林希逸说，“曾未百年，此法（指朱子社仓）亦敝，非蠹于官吏，则蠹于豪家”。而“蠹于官吏”的危害无疑更甚于“蠹于豪家”，因为官吏掌握着豪家所没有的国家权力。时人俞文豹描述了南宋晚期社仓“蠹于官吏”的情形：一方面官府强制征收仓米，“拘催鞭挞无异正赋”；另一方面又将仓米挪作他用，即使遇到荒年，也“未尝给散”。

于是，有了朱熹“再传弟子”黄震对广德军社仓的改革。广德军社仓是一个官办社仓，刚设立时还有点朱子遗意，到黄震于咸淳四年（1268年）任广德军通判时，发现这里的“社仓一年富于一年”，而“乡民一年穷于一年”，地方官视社仓为敛财工具，小民则“以为社仓不除，皆当逃避他郡”。对此，黄震提出“请照本法（朱子社仓之法）一切归之民”的改革主张，即恢复社仓的NGO本色，委任地方士绅掌管仓米借贷，官方只负责监督社仓“照官秤公平出贷”，不准插手社仓的具体运作。

朱熹的另一位再传弟子王柏说得好：朱子社仓的放贷还贷，由地方的士绅耆老“公共措置”，州县官“不须干预抑勒”。这项原则，应为社仓推行者“所当共守也”。一千年前，理当如此；一千年后，亦是理当如此。

（2011年12月11日《新京报》）

谣言：历史巨变的导火线

四 一

谣言的历史太古老了。秦始皇在位期间始终为“亡秦者胡也”一类的谣言困扰；他缔造的帝国在其儿子手中葬送，导火线同样是一句谣言：“陈胜兴、吴广王”。古罗马的皇帝也被谣言折磨得很痛苦，以致不得不任命公共谣言监察，每天到人群中去，从闲谈中发现谣言，进而把握公众情绪。如果必要，谣言监察者还会用自己编造的谣言来发动一场反击战。公元64年的罗马大火中流传了这样一个谣言：暴君尼禄不但不为大火死难者悲伤，还写诗赞美火灾，为火焰燃烧的美丽而陶醉。为了自卫，尼禄迅速放出反谣言的谣言：是比他更不受人欢迎的基督徒在城内放火。于是，民众在做了替罪羊的基督徒们身上尽情发泄怒火，却忘记了这怒火最初指向的不是基督徒，而是尼禄。

几千年来，历史中的谣言都不绝如缕。但在古代，因为交通、通信、传媒、人口等限制，谣言传播的速度与规模都不能与近世相提并论。1768年，一则关于妖术的谣言竟迅速演化成一场全国性的大恐慌，影响波及数千万人，孔飞力在其名著《叫魂——1768年中国妖术大恐慌》中对之作出了精彩的叙述与分析。乾隆帝残酷查处了“叫魂案”，一颗颗人头像韭菜一样被割掉，并且不可能再长出来。乾隆帝恐惧的并非谣言本身，而是谣言导致的社会集体心理波动与行为变异，更重要的是，通过对谣言案的深入观察，乾隆帝发现自己很可能已经在常规领域失去对官僚的有效控制。上述种种，都对这个异族政权的合法性和稳定性形成威胁，统治者必须严肃应对。

乾隆朝是所谓清代最后一个盛世，嘉道之后，乱世来临，大规模的谣言更是泉涌而出。譬如在太平天国与清军的对战中，双方都毫不客气地使用了谣言这种非常规武器。洪秀全曾散播谣言说：“予细查满鞑子之始末，其祖宗乃一白狐、一赤狗，交媾成精，遂产妖人，种类日滋，自相配合，并无人伦风化”、“前伪妖康熙暗令鞑子一人管十家，淫乱中国之女子，是欲中国之人尽为胡种也”。清军也立即展开谣言反击战，散播说：“（太平军）所过之境，船只无论大小，人民无论贫富，一概抢掠罄尽，寸草不留”、“其虏入贼中者，剥取衣服，搜括银钱，银满五两而不献贼者，即行斩首”。据说曾国藩还炮制了民谣，派人四处传说：“天父杀天兄，江山打不通。长毛非正主，依旧让咸丰。”我们当然不能将曾国藩的胜利归于造谣术，但如果他未能有效化解对方的谣言战术，并在己方谣言之上制造并传播新的意识形态（其根基就在《讨粤匪檄》一文），可能胜利还会来得更晚。

谣言的煽动力确实是巨大的。1891年，几乎所有的西方在华传教士都绝望地发现，他们正被洪水般的谣言包围。在谣言里，他们迷奸妇女、拐卖儿童、贩卖器官、在井水中投毒、挖中国人祖坟，等等，以令人瞠目结舌的方式无恶不作。仇恨在谣言中滋长，最后，愤怒的民众冲击了长江沿岸多个城市的教堂，并掠杀传教士与教友，史称“长江教案”，是义和团之前最严重的反教事件。教案中的谣言其实由来已久，只是在1891年通过书籍、报刊、露布、传单等方式集中传播而已。早在清初，顾炎武《天下郡国利病书》中就载有天主教会烹食小儿之说。至于天主教会挖眼，则可上溯到雍正时吴德芝的《天主教书事》一文，而道光二十二年（1842年）魏源写成的《海国图志》，也传播了“夷市中国铅百斤可煎文银八两……惟其银必以华人睛点之乃可用，而西洋人之睛不济事也”这样的怪谈。

谣言本身或不能改变历史，但很可能成为历史巨变中的一个关键因素。章立凡说得不错：“社会运动有时不需要真相，一个谣传引发的骚动，也可能改变历史。很多人内心追求的未必是真相，而是一场巨变。”

1911年10月9日下午3时，革命党人在汉口不慎引爆炸药。大约同时，“清政府正在捕杀革命党人”的谣言，正在新军中流传。到了10月10日，这个谣言更加具体了——“清政府正在捉拿没有辫子的革命党人”、“官员已经掌握革命党人的花名册”。当时的新军士兵，不少人都没有辫子，传说中的花名册又谁都没见过，谁知道自己在不在其中呢？恐惧开始在新军中蔓延，恐惧滋生新的谣言，新的谣言反过来又加深恐惧。这时候，参加兵变就成了多数士兵自保的最优选择。10日薄暮，一个排长查哨时的普通纠纷，竟激成哗变，最终引发连锁反应，导致辛亥革命。

谣言为何总是能轻易地使人接受并参与传播？1942年美国两位学者做了一个谣言传播与接受的研究，计算出一个“信谣指数”，结果发现：穷人比富人更易信谣，45岁以上的人比年轻人更易信谣，犹太人比非犹太人更易信谣。穷人更易信谣是因为他们渴望改变现状；45岁以上的人更易信谣是因为他们的信息渠道与信息分析能力相对落后；犹太人更易信谣则是因为在战时，犹太人比一般人更缺乏安全感，而当时的谣言往往又是让人恐惧的那种。法国学者让-诺埃尔在《谣言——世界最古老的传媒》一书中，对谣言有新颖而独到的见解。他认为，谣言经常是“真实的”，它之所以令人不舒服，是因为权力无法控制这种信息。在任何一个地区，当人们希望了解某事而得不到官方答复时，谣言便会甚嚣尘上。谣言是信息的黑市。辟谣往往制止不了谣言，因为谣言不是福尔摩斯，对真相充满感情，谣言是聚集着仇恨的女巫，它只说出人们认为应该如此的“事实”。人们看上去是在传播新的谣言，实际上是在清算旧账。辟谣注定是无力的，因为辟谣会破除人们的幻想，给狂热者当头浇一盆雪水，唤他们回到平庸的现实中来，爱做白日梦的人们当然不肯买账！谣言既是社会现象，也是政治现象，它是一种反权力，揭露秘密，提出假设，迫使当局开口说话。谣言还是社会群体心理结构的镜子，因此不论真假，谣言都是有价值的。

在我看来，谣言不但是社会的、政治的，也是历史的。谣言不但可能成为历史事变的导火线，并且可能成为历史事变的解说者。历史中充斥着太多谣言，有些被当场击毙，有些则轻松逃脱，在漫长的时间河流中演变成都市传奇或历史神话。都市传奇是谣言的连续剧。譬如针刺狂的谣言，1922年在法国巴黎一度盛传，80多年后在中国内地又化身“艾滋针刺狂”的传说不胫而走。历史神话则是谣言的终极形式。譬如义和团运动，在1901—1920年期间曾被认为是愚昧、迷信、野蛮的神话；在1924—1937年却被认为是饱含民族自尊与抗击热情的反帝国主义的正义神话；在“文革”期间更被指认为反封建、反帝国主义的伟大群众运动的神话，且间接为红卫兵哺乳；上世纪80年代以降，它又重返愚昧、野蛮、疯狂的神话，只是不时仍蒙着一层爱国主义的遮羞布。那么，历史真相究竟如何？然而，“绝对客观的历史真相”，本身也许就是一个最大的历史神话。

（2011年1月23日《南方都市报》）

官员抑郁症“被自杀”的大清版

十年砍柴

嘉庆十三年（1808年）十一月十六日，山东即墨新科进士李毓昌的家中，本是一片喜气洋洋，突然接到江苏官府送来的一个犹如晴天霹雳的噩耗：李老爷于十日前，在奉命去淮安府山阳县查赈的任上，竟“心神不宁”而自缢身亡。——“心神不宁”换现在的说法，大概是“抑郁症”。

李家上下自然万分悲痛，李膝下无子，留下一个寡妻，家族的大树倒了，李妻央求家族中见过世面、有武秀才功名的亲叔叔李泰清做主，前去江苏接回灵柩。不仅李氏家族，整个即墨县民间，都觉得这件事实在太蹊跷。李毓昌中进士那年虚岁三十八，几十年寒窗苦读，终于考取进士。吏部派其去江苏省候补知县——那时候，进士到下面的省里候职，俗称“老虎班”，榜下即用，遇缺即补。如果该省巡抚半年内还让新科进士坐冷板凳，那就得小心御史的弹劾了。李毓昌到江苏赴任时，正好那年夏天淮河和洪泽湖洪水泛滥成灾，哀鸿遍野。皇帝下旨向当地下拨赈灾银，其中灾情最重的山阳县分得九万九千两。——这是一笔巨款，朝廷担心被官员贪污，照例在赈灾完毕后，派员前来进行审计。江苏巡抚汪日章觉得这位新科进士在等实缺时闲着也是闲着，于是派他作为查赈大员前去山阳县审查账目。

一个新科进士，前途似锦，怎么可能“心神不宁”而自杀呢？这实在不合常理。疑窦重重的李泰清将侄子灵柩接回家，离开山阳县时，该县知县王伸汉还奉送了150两路费。

遗孀林氏清点亡夫之遗物，从箱笼中翻出一件皮马褂时，发现胸前及两袖血迹斑斑，衣服中缝有一张小纸片，上面写着：“山阳冒赈，以利啖毓昌，毓昌不敢受，恐上负天子。”林氏马上找到叔叔李泰清，在他的主张下，合族决定开棺验尸，检验证明：毓昌死前身中剧毒。——很显然，他是被害死的，而害人者最大的嫌疑则是山阳县知县。更为奇怪的是，跟着李毓昌前去查赈的几个跟班李祥、顾祥、马连升，在老爷死后，竟然没有回到故乡，而是在王仲汉的举荐下，在江苏几个县当了衙役——堂而皇之做公务员了！

然而李毓昌自缢身亡，这是江苏当地的省、府、县三级官府作的结论，要推翻这一结论，是何等的不易，如果冒冒失失去京城上访，不但打草惊蛇，弄不好被当成刁民解押回山东。这时候，李毓昌的老师、时任安徽巡抚的初彭龄回即墨省亲，李家便向他哭诉冤情。得知自己的学生被残害，初彭龄十分震怒，他亲自撰写了状纸，让李泰清及李毓昌的堂伯李士璜（附贡生）携带诉状前去京城，在都察院前哭诉。有初彭龄在高层运作，这状纸较顺利地递进都察院。掌管全国纪检监察的左都御史看到此案太复杂，牵扯太广，干脆上报给嘉庆帝，听候圣裁。

嘉庆帝一看诉状，震怒可想而知。一个查账的新科进士被当地官员给害死了，若属实的话，那背后该有多严重的贪污腐败行为。于是下了两道圣谕：一是命山东巡抚吉纶立即组织公正精干大员验尸；二是责成两江总督铁保及江苏巡抚汪日章将原报案卷及涉案人犯火速解京候审。同时，嘉庆皇帝还在谕旨中严厉强调："若不细心研究，致凶手漏网，朕断不容汝辈无能之督抚，惟执法重惩，决不轻恕！"山东巡抚接旨后，不敢怠慢，立即调集山东布政司蕃司朱锡爵、山东按察司臬司张彤及济南府知府徐日簪、武定府知府金国宝、登州府知府石俊、历城县知县王嵩、嘉祥县知县周以勋、德州知州周履端、阳谷县知县王吉等9名省、府、州、县官员，并选拔精干"法医"前去即墨验尸。

山阳县知县王仲汉得知这个消息后，哪能坐以待毙，竟然请江湖上的黑道人物去即墨盗尸。——一旦毁尸灭迹，案子就无法查下去了。哪想到李家早有防备，将棺材暂时掩埋在堂屋里挖掘的地窖中，日夜有人守护。大盗倒有职业道德，进不了李家的堂屋，便盗取门前进士旗杆的顶子回去交差。

联合调查组验尸证明：李毓昌是身中剧毒后，再被人用绳索勒紧脖子挂起来。——系被人谋害无疑。嘉庆皇帝闻奏，立即命军机大臣仪亲王坐镇督查该案，并由刑部、吏部、礼部、都察院一起组成专案组查案。

嘉庆十四年（1809年）七月，案情大白：李毓昌等一行查赈大员来到了山阳。王仲汉恐贪污赈银之事败露，即贿赂查赈人。李毓昌这个忠厚耿直的山东汉子严词相拒。为了避嫌，他不住王仲汉为之安排的县衙公馆，而选定了城郊的善缘庵作为寓所。山阳县共辖四十乡，每乡数十村。李毓昌带人一村村核对人数及所领赈银。一个月内复查二乡毕，将所查出的王仲汉借放赈之机贪赃枉法、克扣赈银之事造册欲上禀淮安知府。——这样查下去，王伸汉的贪腐肯定会败露。

一不做二不休，王伸汉用500两银子买通了李毓昌身边的仆人李祥、顾祥、马连升。然后宴请李毓昌，李推脱不过，王伸汉频频敬酒。喝高了的李毓昌回寓所休息，因酒后口渴，唤仆上茶。李祥趁机将毒药放于茶内，失去警惕的李毓昌一饮而尽。然后毒发吐血，三名恶仆将奄奄一息的主人勒死，伪造自缢假象，然后报告当地官府。王伸汉知道后大喜，派人先将李毓昌准备向府署呈送的呈状及户口清册取走，然后派人将案情报知淮安府。——百密必有一疏，他没来得及仔细清查李的遗物，没想到李毓昌担心被害，早有遗书缝在衣服内。淮安知府派办案人员前来查验，王伸汉便暗中送与白银2000两，淮安知府王毂收了银子后，心知肚明。于是，李毓昌因抑郁症自杀的报告出笼了，报到省府，管司法的按察使也睁一只眼闭一只眼。

经过专案组查明，朝廷给山阳县九万九千两赈灾银，知县王伸汉冒领了二万三千余两，自己独得一万三千两，其余一万两用来收买、贿赂上司和查赈专员。

经嘉庆帝御批，山阳县知县王伸汉斩立决，没收全部家产，淮安府知府王毂绞立决，两江总督、江苏巡抚、江宁布政使、江宁按察使胡克等一干高级官员分别判处流放或免职，三个谋害主人的仆人被凌迟处死。

李毓昌之冤最后得以昭雪，嘉庆帝亲自赋诗对其褒奖。李这样的官员在当时的官场实在是凤毛麟角。他饱读圣贤书多年，刚刚中进士出来当官，还有一种“不负天子”的道德自律。设想一下：如果李毓昌在官场待了数年后，还会那样一尘不染吗？他会不会向官场的现实低头？事实证明，9名查账的特派员中，只有两位没有接受贿赂。而王伸汉以银两开路，和上司结成了利益同盟。如果不是李毓昌那位当巡抚的老师在背后运作，这个案子很可能就到不了都察院那里，更别说让皇帝亲自批示了。

一个疆土广阔、人口数亿的大清帝国，一件冤案要惊动皇帝，皇帝派大员组成专案组，才可能冲破阻力，使案情大白。——这样的帝国是没希望的。

（2011年9月5日《南方都市报》）

思　想

感恩政治

周　濂

公元前399年，雅典哲人苏格拉底被他的同胞，以281票对220票判处死刑，罪名是“渎神”和“败坏年轻人”。

苏格拉底原本是有机会越狱的，但是他谢绝了朋友的好意。他还讲述一大通理由，来说明自己为什么要接受死刑判决，哪怕它是明显不正义的。其中的两个论点是：第一，城邦就好比养育苏格拉底的父母，甚至比父母和祖先“更为尊贵、可敬和神圣”；第二，城邦让苏格拉底和他的同胞“分享了所有的好东西”。

其实这可以用两个字概括——“感恩”。滴水之恩，当涌泉相报，这是所有草民都拥有的善良天性，也是古往今来“仁政”所以可能的心理基础。

不久前，我们近邻就再一次生动地演示了这个颠扑不破的道理。庆祝劳动党成立65周年之际，朝鲜向所有居民发放自上世纪90年代以来最大规模的特别供给。据日本媒体报道，咸镜道的会宁市居民除了每人配发450克米、100克大豆油，每个家庭还领到500克糖果点心。平壤市民更幸福，还有内衣、牙膏、牙刷这些生活必需品。

送温暖当日，成千上万的老百姓自发聚集在公园和江边，感谢“金正恩大将送给了我们大量的礼品……”

我丝毫不怀疑朝鲜人民的真诚，由此我也越发痛心于某些国家在感恩教育方面的缺失。意大利的政治现实主义者马基雅维利16世纪就曾指出：“自由生活带来的种种益处，不会培养出任何义务感。‘谁也不会承认，他对没有冒犯自己的人应当感恩戴德。’无论是汲汲于奖赏者，还是喜欢独处的人，皆不会成为共和国的朋友。”

汲汲于奖赏者，可比附为雇佣军；喜欢独处的人，多为个人主义者。二者都不会对更高的存在物有归属感。这种自由生活所带来的坏处，和权利意识泛滥的后果有一比：在一个权利意识深入人心的社会，人们不太会对政府的所为感恩戴德，因为所谓的感恩戴德，意味着所予之物并非你“应得”，而是基于馈赠者的慷慨和仁慈。

有句老话叫作“喝水不忘挖井人”，可是一旦喝水的人开始觉悟到“挖井”是那“挖井人”应该做的，干得不好还可以通过招投标换一个“挖井人”，整件事情就立刻失去了美感，至少不再有树碑立传、传唱经年的感人故事。

现在我们明白了，为什么家长主义者和专制主义者都不喜欢权利观念，因为无论当政者做了什么“好事”，被权利“洗脑”的人民都会泰然受之，不仅甚少心怀感激，而且还时常挑肥拣瘦、说三道四，让领导难堪甚至难受，这样的“刁民”着实难以伺候。

马基雅维利看在眼里，痛在心中，一不做二不休，指明了一条看似险恶实则通坦的康庄大道：“概言之，共和国的麻烦在于它的公正。人们对于自己得到的公正待遇，认为是他们理应获得的东西，所以不会表示感谢。对于共和国来说，这个问题的解决之道——确实有一个解决之道——就是少一点儿公正，多一点儿专制。如此，它所带来的好处和它所提供的安全，方能得到更多的感谢，更好的捍卫。”

当平等和公正深入人心，成为当然之理时，哪怕是一丁点儿的不公不平都会让人们心怀不满，反之，在一个高度专制的社会里，哪怕吹过一丝烤肉的微风，也能让人心情为之一振。两厢比较，当然是后者更加高明。

必须承认，马基雅维利的这套统治术干脆犀利，丝毫没有自由民主制国家那种腻腻歪歪、左顾右盼、患得患失的儿女情长。

我估计没有人愿意背负“忘恩负义”的罪名，但在学会感恩之前，还是让我们来想象这样一个场景。假设有五对青年男女被空降到一个荒岛上共同生活，原本在逻辑上每个女孩子都有五种可能性去选择自己的伴侣，但不幸的是，其中的一个男人有着“千里慧眼般的睿智、广博深邃的见识、神秘玄奥的判断力，以及无比的胆量”，他干脆利落地解决了另外四个男人。

现在的问题是，对于这五个女人来说，那个男人究竟是“唯一的选择”，还是“正确的选择”，或者，是我们所熟悉的那个“唯一正确的选择”？

（2011年1月2日《财经》杂志）

信任如何有可能

朱学东

温州动车事故调查与郭美美和红十字会关系尚未见真相，地沟油产业链条的新闻又一次灼伤了公众的眼球。

原本应该相互信任的，正在相互漠视、鄙视，甚至敌视。不信任感如同毒雾一样，开始向更大范围扩散，整个社会渐渐陷于互不信任的危机，无论地位尊卑财富多寡，几乎没有人能逃离信任危机带来的无力感和不安感。

这非一日之寒。

信任是一种积极的期待和行为，它从宗教、传统和习俗中来，也能从规矩、诚实和合作的行为中确立。

在现代社会里，技术发展，生活节奏加快，人们相互认识，却孤独而恐惧。

传统农耕社会是一种信任度很高的熟人社会。在信息不畅的封闭社会中，人与人之间，人与组织之间，容易建立互信。一旦互信受损，也容易修补，尤其是在贫穷环境中，经济收买成为修复信任的一种重要方式。

在中国从传统向现代社会的快速转型中，建立在农耕社会基础上的传统信任体系受到强烈的外来冲击，传统社会瓦解的过程中，同样伴随着传统信任感的失落。

技术进步也会导致相互间信任感的减弱，这是现代社会的一个趋势。技术的进步，公众信息获取和甄别能力的提升，也让公众开始审视甚至怀疑一贯坚持的传统。人们很快都提高了对纷繁复杂的社会问题的认识，社会不安情绪更容易在更大范围内形成并扩散。互联网已经明示了这一点。

漫长的社会动荡，作为传统规范最主要替代者的现代司法及契约体系等现代文明制度的建立，一波三折，新的社会关系的确立过程充满了扭曲和畸形。信任缺失也就成了中国社会一个人人愤怒却难以改变的社会现象。

在这一过程中，许多人，尤其是掌握社会资源的人和机构，面对迫切需要解决的问题，或对传统解决手段过于自信，或完全基于自身短期利益考量，往往依赖资源优势，事事追求自身利益最大化，罔顾公众利益和社会感受。逞了一时之快，却贻害社会无穷。

尤其当行政司法等公权力体系以及教育卫生媒体等公共性体系，在这些具体事件处理上失却公允，都是对社会公众信任度的摧残。

每一次发生这样的事件，即如何兵评论彭宇案的判决，都属于“墓碑性判决”，通过现代传播技术，都会加速社会公众信任度的崩溃。

阿克洛夫的柠檬原理告诉我们，在次品市场上，交易活动的卖方可以利用信息的不对称性对买方进行欺骗，这种“隐藏信息”的行动，虽能够让卖方本次交易利益最大化，却将导致“逆向选择”，市场的优胜劣汰机制发生扭曲，质量好的产品被挤出市场，而质量差的产品却留在市场，极端的情况是市场会逐步萎缩直到消失。

即时传播技术的进步，使卖方“隐藏信息”的成本更高，一旦戳破，交易对象的不信任感更是倍增。

信任缺失，使解决问题的缓冲变得稀缺，机会成本和时间成本越来越高，群体间的不安全感和不确定性情绪得到强化，并扩散到更广泛的群体，最后，矛头指向了制度的合法性问题，哪怕事件原本与制度无关。

福山说，信任是经济繁荣的基础。持续的繁荣仰赖于建立基本的信任。

在公共事件的处理中，机会主义的经济收买政策边际效应出现了，经济收买对司法公平和社会公平冲击甚大。同时，必须调整习惯的那种公众是被管理者的不平等关系看法，公开信息，公平且公开处理问题，杜绝暗箱操作。

正常的解决之道，才是重建信任的正途。无论是动车事故，还是地沟油、康菲漏油事件。

重建信任没有捷径可走，唯一点一滴的努力方能完成。每一个公共事件每一个问题的处理，都是当事各方重建信任的机会。在现代传播效应下，它们是社会重建信任的阶梯，也是重建合法性的基础。

努力增一分，互信长一分，失信的市场就少一分。

（2011年10月28日《中国周刊》）

阴谋论为什么不正确

汪丁丁

印度智者克里希那穆提一语惊人：“在有民族主义和爱国主义的地方，没有智慧。”因为，自我太渺小，很容易想象自我是更大的自我的一部分，于是有了民族主义和爱国主义的政治狂热。不仅如此，克里希那穆提更大胆指出，这里还包含着某种不可治愈的自卑情绪。我建议读者去读克里希那穆提的原作，因为对他的语言的任何转述都不能保持其原有的说服力。

不论如何，最近十年，我们中国人的民族主义和爱国主义情绪日益高涨。虽然，就我们的民族性和文化传统而言，春秋时代的老祖宗早已树立榜样，中国人的世界观自古就是天下主义的而不是民族主义的。诸如列宁这样的马克思主义经典作家也一再教导我们，民族是阶级的一翼，统治集团为了转移受压迫大众的视线，往往挑起民族仇视。所以，根据马克思主义经典作家的分析，国际争端反映的首先是国内关系的紧张化而非国际关系的紧张化；又根据马克思主义的基本态度，国家是阶级斗争的产物，它从来不是超阶级的，故而从来没有什么抽象的爱国主义。毛泽东也指出，世界上没有无缘无故的爱和恨。

马克思主义经典作家的观点，与诸如克里希那穆提这样的现代思想家的观点未必吻合。我引用这些观点，是因为中国现代政治学说的主流学派至今仍自认是马克思主义的。因此，读者若相信马克思主义，不妨对照上述观点反省目前民族主义和爱国主义情绪的深层原因。如果读者不相信马克思主义，例如，不相信中国社会存在着阶级和阶级斗争，或即使存在但不是社会演化的主要动力，那么，我推测，读者无法回避前面引述的克里希那穆提对民族主义和爱国主义的批评。

就理论而言，阴谋论的要害首先在于它缺乏政治智慧。其次，在统计学和基于统计学的科学视角下，它不正确。就实践而言，大国政治不应也不可能基于阴谋。因为，阴谋之成败取决于偶然因素，而大国的命运不应维系于偶然因素。固然，历史在转折关头常取决于细节，而细节包含着偶然因素。也恰恰因此，我们才格外关注“智慧”问题。

如果只懂得关于事物的知识或“理”，我们不可能有智慧。这里，我仍要引用金岳霖反复引用他自己关于“道”的体会之一：理有固然，势无必至。势，不服从必然律，因为有“几”。蓄势待发，将发而未发，曰几，与“机”相通。把握时机，因势利导，是一种智慧。凡事失败了就说别人有阴谋，或凡事解释不通的时候就说是阴谋，这是缺乏智慧的表现。

根据动物学家和心理学家的观察，人类似乎是唯一在欺骗能力方面获得超常发育的物种。不同于其他灵长目或哺乳动物的脑，人脑在数百万年的演化过程中形成的许多脑区，都与“信任”和“意图探测”有关。就大脑皮层而言，除了语言脑区，脑的信任和意图探测功能主要位于右半球，它们构成了行为经济学家所说的“社会脑”。

欺骗，可以定义为“故意掩盖行为意图”。所以，人类的意图探测能力的超常发育，意味着漫长的欺骗与反欺骗的斗争。今天占统治地位的人类，其先祖是一种身体纤细的古猿。作为灵长目，我们的种群惯性之一是“群性”，也就是“社会性”。根据许多人类学家和行为经济学家的考证，如果没有群性或群性较弱，纤细的南方古猿必会在严酷的生存竞争中消亡。所以，人类注定无法摆脱欺骗和被骗，因为人类不仅有显著的个性，还有显著的群性。

人类社会的创造性，主要基于群体允许的个性发展。人类社会的稳定性，主要基于群体在千差万别的个性之间协调劳动分工的能力。任一群体，有些时期发展迅速，有些时期停滞不前。究其原因，就在于创造性和稳定性之间的权衡关系。这一权衡关系，在人类社会演化的无数决定因素中占据主导位置。其余的关系，包括欺骗能力和防止欺骗的能力之间的权衡关系，都是从属于这一关系的。

阴谋的必要条件之一是欺骗，它通常意味着深谋远虑且设计周密的欺骗，也称为“骗局”。鉴于这一特征，阴谋要求保密。如果参与一项阴谋的人数太多，例如超过两百人，阴谋有没有可能成功呢？有可能，但必须有军事组织那样的纪律。两百人的群体如同一个人那样活动——饮食起居言谈举止，长期而言，代价太高以致几乎不可能。动物有个性和群性，不同于植物，动物个体的个性占据主导位置，否则就不成其为“动”物。所以，阿克顿勋爵有一句名言：你可能在一切时刻欺骗一些人，你也可能在一些时刻欺骗一切人，但你不可能在一切时刻欺骗一切人。

阴谋论者大多不懂科学或统计学原理，所以才相信有人——例如英国和美国的情报机构——在诸如货币和外交这类事关国计民生的重大政策上，居然可以在一切时刻欺骗一切人。阴谋论者，也有懂得科学和统计学的。许多年前我在中国科学院系统科学研究所读研究生，我那时的一位同学，后来无可挽救地相信美国中央情报局在他的某一颗牙齿里面植入窃听器。我在香港教书时，专程去拜访他。在一间很大的办公室里，他认真而谨慎地告诉我关于他那颗牙齿里藏有窃听器的阴谋。我推测他患有严重的心理障碍，否则绝不会相信这样的阴谋。

目前我国流行“美国阴谋”。更早些年，上世纪50年代至70年代，我国流行“英国阴谋”。如果查阅文献，我们不难发现，20年代至30年代流行过“俄国阴谋”，19世纪90年代至20世纪20年代流行过“日本阴谋”。关于阴谋论的资料显示，不仅中国，而且朝鲜和越南，在某些历史时期，都流行过关于强国（包括中国）如何操纵弱国内政的阴谋论。1919年五四运动爆发，是因为报界推测多年的日本与袁世凯之间的“密约”因《凡尔赛和约》而披露。虽然，这一事件充分表明阴谋不可持续，但是它被相信阴谋论的人当作阴谋普遍存在的一项证据。

今天，我们通过检索“阴谋论”文献知道，如果每一民族都有自己的特征——称为“民族性”，那么世界上有两个特别喜欢阴谋的民族——英国和日本。

与杜威不同，罗素崇拜中国文化，可是他列举过三项中国人的劣根性——“冷漠”、“贪婪”和“说谎”。姑且不论“民族性”或“劣根性”是否应被接受为正确的观念，目前流行的阴谋论并不指向英国和日本，而是指向美国，虽然美国人始终被其他国家的公众认为是“最天真的”。这一事实暗示我们，让我们相信“美国阴谋”的，主要根据并不是民族性，而是中国和美国这两个大国之间的关系。既然如此，我们就应直接探讨大国政治与阴谋论之间的关系。

大国政治，是当代国际关系的核心议题。为什么国际政治专家通常不接受“阴谋论”的解释？因为，如前述，保密的代价太高。当人数众多时，阴谋很快就变成“阳谋”。大国之间于是从来就只有阳谋，公然派遣间谍、潜艇、卫星，以及传播本国主流意识形态的广播电视。这是国际惯例，大国政治的惯例。

假如某一大国的公民普遍相信阴谋论，那将怎样？我推测，当然，现在我们也可观测，一种可能是“人心惶惶”，因为我们周围很可能布满了外国利益的代理人；另一种可能是“大批判”——公开批判想象中的外国阴谋，这就被旁观者称为“妖魔化宣传”。

这两种可能性，都将极大地损害本国利益。除非我们计划返回闭关锁国的时代，否则，我们最好遵循国际政治的惯例，相信阳谋而不相信阴谋。阳谋，比拼的是政治智慧；阴谋，我不知道比拼的是什么，人心叵测，对本国政治也非常不利。

一个社会，如果长期宣传阴谋论，人心叵测，眼神里透着诡异，甚至在家庭内部，坦诚也不再是美德，一代复一代，沉积在深层心理结构中，成为一种“民族性格”，那就太糟糕了。因为，在心理学视角下，这意味着整个民族患了“受迫害狂”。

其实，在十年“文革”中度过青春期的这一代中国人，已经十分普遍地表现出受迫害狂（相互猜忌）的心理障碍。百年之后，史家若要直面评价这场旨在反对官僚政治的大规模社会运动的种种后果，不应忽略人性扭曲这一严重的负面后果。

扭曲了人性之后，我们这一代人成家立业，继续扭曲我们后代的人性，如此相续永无了结。事实上，今天高校学生的许多心理问题，主要责任应由他们的父母承担。他们的父母，就是我的同龄人。

我最钦佩的一位朋友，也是我在跨学科教育事业中难得的一位同仁，顽固地相信西方帝国主义颠覆中国政府的阴谋论，并且努力向学生们宣传这样的阴谋论。这真令人痛心。承受着这一痛苦，我写了这篇文章。我知道，阴谋论在许多网站居于主导地位。我从未访问过“天涯社区”，但我听说那里是各种各样阴谋论的发源地。民粹主义——吴敬琏教授最近提醒读者——或许是当前最应警惕的思潮。政治腐败与民粹情绪，似乎总是形影不离。所以，执政党必须尽快提出政治民主化的可行方案。否则，晚清中国社会流行过的许多危险思潮都可能卷土重来。

在任何一个社会的任何一个历史阶段，权力从垄断状态到与更多民众分享的状态，这是“民主化”的实质。概言之，权力的分享，首先为了缓解群体之间的利益冲突。可是，理有固然，势无必至。如果当权者始终不能获得足够的政治智慧，来实现权力在更大范围内的分享，那么，上述的潜流就难以避免要演变为摧枯拉朽的社会革命。就我自己的态度而言，但凡可以和平演变，我绝不赞成暴力革命。我相信我周围多数朋友，以及多数中国人，都持这样的态度。社会运动起于偶然事件，若一连串偶然事件相互激发，则可能造成激变的形势，不再是偶然。

（2011年12月14日《新世纪》周刊）

黑箱操作与网络围观

刘 擎

在两个星期内，郭美美从一名边缘艺人变成媒体关注的焦点，甚至登上了《人民日报》和《纽约时报》。如此快捷的博出位，代价是接受起诉和警方调查。那些受牵连的机构和官员（无辜的，或是假装无辜的），大概正咬牙切齿地诅咒她。更有网友不离不弃地围观，言称“郭美美的问题不查清楚，没有心思上班”云云。她不过一时起兴，放纵了沾沾自喜的暴发户心态，却遭遇了始料不及的压力，此刻会不会悔恨交加呢？

郭美美本人并不是事件的关键，只不过她聚集的流行元素（人造美女、名车豪宅、奢华炫富）更具眼球效应而已。这个事件也并非孤立，其意义不只是对中国慈善事业公信力的质疑与澄清，而且反映出我们时代的一个新动向：一点蛛丝马迹就可能掀起一场廉政风暴。导火索可能是一包天价香烟、一块名牌手表、一份“出国考察”的日程表、一次宴请的发票或者一张购买茅台酒的单据……郭美美事件只是这个现实版长篇连续剧的最新一集，这个大戏还会演下去，观众很庞大，反响很激烈。

这个局面实在是太好了。公权的滥用者越来越难以保持沉默，蒙混过关的难度越来越高了。欲盖弥彰的托辞以及外交辞令式的抵赖很快会被识破，然后会有更锐利的追问尾随其后。只有事实确凿的证据才能辟谣，才能获得清白。否则，围观的压力会逐步升级，直到引起纪委和司法机构的关注。在更早的年代里，这是完全难以想象的情景。这传达了一个重要的预兆：黑箱操作的时代正濒于终结。

在更开阔的视野中，我们可以看到一个长程的历史发展趋势：知识的大众化对政治生活产生着越来越深远的影响。在欧洲，印刷术与平民教育的兴起，颠覆了僧侣阶层对圣经教义的阐释霸权；现代大众传媒的发展，则瓦解了信息垄断的格局。当人民主权的理念与现代传播技术结盟，密室政治必将陷入日益严峻的危机。可以想象，当美国所有大报同时刊登关塔那摩监狱虐待囚犯的照片，小布什总统会有多么恼怒，他多么希望这个可耻的秘密可以作为“国家机密”被掩盖。可是时代不同了，民主政治就是一桩很麻烦的事情。从40年前尼克松的“水门事件”到不久前阿桑奇的“维基解密”，都标志着这一世界范围内的大趋势。任何一个宣称民主的国家，都难以回避政治透明性的挑战。中国也不例外。

民主没有什么标准模式，也应当根据具体国情和发展阶段采取不同的形式。但任何具有真实意义的民主政体都需要对人民负责，那么公权力的使用就要接受民众的问责，而问责必然要求基本的政治公开化与透明性。去年3月，四川省白庙乡在网上公布政府开支的举措，引起异常热烈的反响。由此可见，公开化和透明性并不是什么“外来的理念”，而是中国民众的自主要求，是社会主义民主与法治的内在原则。

现代民主拒绝恶意的密室政治。政治当然总是有必要的机密，但机密的必要性必须出于国家与人民的根本利益。以公权谋私利，却以保密为借口，是一种恶意的密室政治，在本质上是对人民主权的背叛。中国共产党的领导人再度重申，“党除了人民的利益，没有自己特殊的利益”，“每个共产党员都要把人民放在心中最高位置，尊重人民主体地位，尊重人民首创精神，拜人民为师，把政治智慧的增长、执政本领的增强深深扎根于人民的创造性实践之中”。人民大众将执政党反复承诺的原则当真了，公权力的使用就越来越难以避开公众监督的视野。

网络围观作为一种政治参与方式，正是中国民众的一种创造性实践。于是有人感叹，如今官员是一种“高风险职业”。说对了！而且在网络围观的时代更是如此。当然，总有一些人试图将互联网改造成“互不联网”，也总有些“深刻的”知识分子将网民的围观鄙薄为“大众窥视癖”。怀有那种一知半解的傲慢，或许会察觉事务的复杂性，却完全无从辨别轻重与主次。从分散偶发的事件到一个反复出现的结构形态，从消费式的娱乐宣泄到更为理性负责、更有建设性的公共表达，网络围观正在发展成一种具有中国特色的民主参与方式，也正在敲响黑箱操作的丧钟。

（2011年第27期《新世纪》周刊）

我们都是一小撮

周 濂

大约是18年前的一个周末，我坐在返校途中的332路公交车上，后座两个中学生唧唧喳喳地在聊天，男生说：“我最喜欢郭峰了！”女生兴奋地答：“就是就是，我也特别喜欢他，每一首歌都唱到我的心坎里去了。”

这个星球上居然有人认为郭峰——而不是张楚——能够直指他的灵魂？我第一次明确地意识到身边原来潜伏着如此众多的陌生人，他们貌似与我同在一片蓝天下，实则却像来自另一个平行的世界。

此后的18年里，让人抓狂的事件反复上演。比方说，一个在杭州当音乐教师的高中同学，从来没有听说过马拉多纳；上海某高校教师，杰出青年，经常在报刊发表文章，竟然不知道王小波是何许人；今年春节返乡，某专门负责网络宣传工作的公务员在我这里头一回听说了“五毛党”。

类似的经历多了，我那颗曾经想要“代表”人民群众的心自然就凉了。事实上，我越来越倾向于认为自己不过是这个世界的少数派，并且，如果我胆敢对郭峰、赵峰、钱峰还有汪峰说三道四，那就连少数派都做不了，而只能去做“一小撮”。

说到“一小撮”，所有两岁开始看《新闻联播》、七岁开始读《人民日报》的中文读者都了解，这个说法的完整版本是：“别有用心的一小撮分子”，而与它相对的则是：“一贯正确、永远正确的广大人民群众。”

不过奇怪的是，自从明确地把自己归类为“一小撮”之后，再遭遇“郭峰唱到我心坎里”之类的对话，我反而变得越发淡定起来。显然，我既没有勇气自绝于人民，也没有天真到拿“真理往往掌握在少数人手里”这样的陈词滥调来搪塞自己，我之所以安于成为“一小撮”，只是因为我发现，其实我们都是“一小撮”！

前不久我在网上分享柬埔寨版的MTV《不想长大》，引来争议一片，起因是我的一个评价：“柬埔寨人莫非都对‘门’有挥之不去的情结吗？”整首歌充斥着前门午门朝阳门总而言之与各种“门”死磕到底的发音。话说到这里，还只是无知者无畏，没有踏足任何“政治不正确”的禁地。真正要命的是有学生变本加厉地追了一句：“中南半岛的那些语言听起来是世界上最搞笑的。”这个略带歧视性的说法立即招致一个留学英国的孩子反对：“不要这样说，如果大家听到西方人怎么议论中文，恐怕就笑不起来，有些人觉得中文就是kingkongdingdong之类的古怪音调。”

这位留学生的意思是，面对柬埔寨人时我们觉得对方是那一小撮，但在英美人眼里，我们又成了那一小撮，而一旦我们意识到这一点，最好的做法就是悬搁一切判断，如此才有可能避免“自以为是的道德优越感”以及“不自知的恶与暴力”。

我在相当程度上接受这个留学生的观点：要做淡定的一小撮，而不是狂热的大多数。

我所不同意的是就此放弃“指手画脚”和“说三道四”的权利。事实上，只要不试图代表人民去宣判，不抱着唯我独尊的天朝心态去睥睨，在善意批评他人的时候也能够接受他人善意的批评，这个世界就不只是“政治正确”意义上的多元，而是富有差异性乃至趣味性的多元。

互联网刚刚兴起的时候，曾有人盛赞将实现“自由人的自由联合”，好像一个打破一切壁垒、抹平一切差异的理想世界很快就要实现。但是现在看来，网络虽然拓宽了我们的视野，却没有真正拓宽我们的世界，它所实现的联合更像是“有限人的有限联合”。我的意思是说，这个看似四通八达、互相链接的网络实则被细化、断裂成有着不同趣味、取向、话语习惯乃至行为规范的小社会：彼此壁垒分明、界限森严。在有所选择地看待世界和接收信息的过程中，人们被分解、打散在各种小社会里，在这些林林总总的小社会中，人们追求的不仅仅是自由的联合以及理性的沟通，更重要的还有趣味的相投以及幻觉的相互支持。

在一个充满着差异性和趣味性的多元主义社会里，我们应该把“人民”放进中国失踪人口档案库，把“审判我就是在丑化人民”以及“代表人民审判你”这样的说法放到微博笑话语录里。

由于某种幸运的巧合，我们碰巧成为了这个世界的一小撮，只有成为世界的一小撮，才能真实地看清世界。

（2011年5月22日《财经》杂志）

不知道与宁可不知道

刘　瑜

“7·23”动车追尾事件后，微博上对有关部门的反应骂声一片。我和一个朋友就下面这个问题进行了讨论：“有关领导”知道这些群情激愤的声音吗？朋友认为：“他们”当然知道，点击微博观察民情，不就是举手之劳吗？再说了，“他们”不点击，“他们”的秘书、家人肯定会点击，然后再向“他们”汇报。我的看法却是：“他们”中很多人可能真的不知道，或者不那么知道。

认为“他们”可能真的不知道网络上的激愤程度，是因为我相信一个叫作“理性无知”的理论。这个理论认为：当“无知”合乎人们的“理性”时，人们可能会努力保持这种无知，刻意逃避可能会干扰这种无知的信息。

“理性的无知”最早是一些学者用来形容美国选民的。有调查表明，美国很多选民非常无知，比如，大约一半美国人不知道每州有两个参议员，四分之三不知道其任期；约一半美国人不知道代表本区的众议员是谁，四成不知道本区的参议员是谁……这些数字自有民意调查以来，竟一直相对稳定。有学者指出：这种无知对于选民是理性的——一张选票能改变整个选举结果的可能性极小，为了这张选票而投入大量时间精力去了解政治实在太不划算。在我看来，这一理论可以解释的不仅仅是选民的无知，理性的内容也不仅仅是时间精力的投入产出分析。刻意的无知可能带来丰厚的利益报酬，在这里，无知是一种精明。选择性的失明则可能带来意识形态上的自我保护，在这里，无知则是一种逃避。

“打开Fox新闻频道不也就是举手之劳吗？你认识的美国左翼有几个会愿意举起电视遥控器，打开那个频道？”我给朋友举例说。Fox新闻是美国公认的右翼频道，同理，美国右翼又有几个愿意买左倾的《纽约时报》呢？《纽约时报》可不贵，一个星期天天送也就5.85美元，现在电子版更便宜，降到每周3.75美元。

所以，即使是在信息自由、充分的社会，人们对信息的关注和吸收也往往是选择性的。我曾经写过一些观察美国政治的文章。有读者曾问：你写这些是不是很容易，把在美国看到的事情给描述一下就行了？我答，可能不像你想象的那么容易。很多留学生出国之后关注国内“超女”选拔，远胜于关注美国国会辩论，还有很多干脆顺着我们从小被灌输的意识形态框架，看见的永远只是“美帝”如何横行霸道，而不是这个国家的政治运作机制。一个人“看到”一个事物并不等于他能“看见”它，人们往往需要穿过重重意识形态才能看见自己所看到的东西。中文里有个更简洁的词，叫作“视而不见”。

理性的无知，中国人当然不陌生。最极端的例子是大跃进。农民自己就是种地的，岂能不知“亩产万斤”的荒谬？科学家有基本常识，又怎会不知土法炼钢炼出来的都是什么东西？各层干部炮制假数据，又怎能不知“大好形势”后面的巨大灾难？这个情境里，对于一些人，无知可以带来利益；对于另一些人，无知可以带来安全；对于还有一些人，无知则可以满足其意识形态的偏执。在这里，无知就像一块大肥肉，各路苍蝇、蚂蚁、豺狼可以蜂拥而至各取所需。

今天的中国与大跃进时代当然不能同日而语，但精明的无知和自我保护式的蒙昧依然盛行。一位“体制内”的退休长者曾告诉我，他认为，他们那一代人之所以有的人很开明有的人很保守，“一个重要的区分点就是上网还是不上网”。上不上网，说起来只隔着点击一下鼠标这个简单的动作，但这个动作里包含的，却是一个人从成见里出走，与自我诀别，从温暖机舱跳向未知大地的巨大勇气。

万一降落伞打不开呢？他们可能担心。于是他们继续待在温暖的机舱，对大地上的声音充耳不闻。于是“群众”当中，出现了一群越来越“不明真相”的领导。现在，令人担忧的是，那些坐在机舱里的人，和那些大地上的人，他们携带着各自眼中完全不同的世界，正在高速接近。有一些事实，那么多事实，我们知道，但他们不知道我们知道，而我们不知道他们不知道我们知道——这样两个疾驰的世界互相追尾时，该是怎样的场景？

（2011年8月21日《新世纪》周刊）

文　化

旭日阳刚被招安的命运

卞　乐

两个赤裸着上身的农民工，把一首流行歌曲唱得更像自己的原创。此情此景被拍下来，传到网络之后，网民们争相点击。这个叫旭日阳刚的组合，连带着这首叫《春天里》的歌曲，因此一炮走红。歌曲的原作者汪峰，邀请他们同台演出，共享殊荣。后来他们出现在春晚的舞台上，再后来就和汪峰发生了版权争议。最新的消息说，双方已经和解，协商出分利方案。这不仅仅是一场娱乐事件，它包含了很多社会和文化问题。

旭日阳刚为什么走红？流行的答案是，网络成就草根英雄，春晚关心弱势群体。这只是一种简单的解读，只看到了二者的合作，而没有看到他们的较量。

作为艺术的音乐，最应该强调的是歌者的个性，最应该听到的是歌曲的灵魂。但是，流行音乐发展至今，已经成为一个消灭个性、排斥灵魂的流水线作业。歌曲的风格、歌手的造型，都有一整套消费主义的操作程序，否则你就很难在主流舞台上生存，只能到街边或者小酒馆去卖唱。拒绝商业包装，也是一种生存方式，但是消费主义给了太多的评判标准和压力，非真正的艺术家难以承受。

这就导致一个荒唐的现象：舞台上的歌声，并非发自人的内心；而内心想要歌唱的人，却没有表演的舞台。一切大众音乐都被娱乐的商业机制牢牢掌控，太多有个性有才华的艺术家没有出路。另外一方面，人们又渴望听到一些质朴的歌声。一旦有这样的机会，它就会脱颖而出。这样的机会并不是很多，最好的歌声可能永无出头之日。

当人们讴歌互联网带来的变化时，往往忘记了这也是商业的产物。在网络时代得利最多的人，仍然是那些经过消费主义包装的娱乐明星。但是，网络带来的自媒体发展，毕竟让人们看到传播的革命性嬗变。当他们听到民工在底层空间里发出的歌吟，仿佛听到了自己命运的呼喊。歌手在灯光璀璨的舞台上故作深沉的歌词，被赋予了新的感觉："如果有一天我老无所依，请把我留在那时光里；如果有一天我悄然离去，请把我埋在这春天里。"于是大家用鼠标疯狂点击，为自己的感同身受投票。

旭日阳刚的赤膊形象，尽管不能和崔健1986年在北京工人体育馆那一高一低的裤脚相比，但是也有相同性质的颠覆作用。他们都用身体语言为自己的歌声作注脚，对虚假、伪装和甜腻的流行音乐舞台进行了反击。所不同的是，崔健是一种刻意的背叛，并且有能力坚持下来。旭日阳刚是偶然间被发现的姿态，而且对主流舞台心向往之。

此时春晚起了关键的作用。从商业上说，春晚是一个具有垄断性质的庞然大物。当它以主流的姿态关注非主流时，后者只有被它消费的命运。经过权力意识和消费主义共同培养起来的网民，都巴望着自己喜欢的旭日阳刚被春晚选中，就像出身寒门的小家碧玉被送入宫中一样令人兴奋。这是小人物被认可的传统方式，也是他们改变命运最便捷的路径。

接下来的一切都不出所料。旭日阳刚成为主流舞台的明星，商演订单像雪片一样飞来。挣钱原来可以如此容易，昔日的窝棚生活恍如隔世。与此同时，赤膊消失了，服装讲究了，灯光华丽了，舞台上多了两个流行歌手，网络间却不见了令人惊喜的旭日阳刚。

汪峰大概也有些惊讶地看到，昨天需要扶持也权作装饰的弱势人群，今天成了与自己同台竞技的伙伴。既然大家都在玩同一个游戏，凭什么你们可以免费使用我写的歌？于是就有了版权问题，产生了"禁唱风波"。结果也不需要多想，那就是有钱大家挣，协商一个分利机制而已。

迅速跌落娱乐的商业体制中的旭日阳刚，遇到的困难还将不止是版权问题。从内到外，他们都将被消费主义重新包装。他们的反叛将会被驯服，仅仅成为一种商业标签。他们的灵魂将会被掏出，风干后挂在舞台上成为饰品。网民们唯一能做的事，是从关怀民工命运改变的立场，祝福他们一路走好。

流行音乐的舞台，又在等待下一个反叛者。

（2011年3月4日《南方周末》）

英国不可能没有小报

恺 蒂

1946年2月15日，英国《论坛报》上登了乔治·奥威尔的一篇文章，题目是《英国式谋杀的衰落》（Decline of the English Murder），文章开篇写道：

时间是星期天下午，最好是在战前。妻子在扶手椅上睡着了，孩子们都被打发出门遛弯去了。你把双脚搁到了长沙发上，鼻梁上戴好了眼镜，打开《世界新闻报》。烤牛肉和约克郡布丁，或是烤猪肉和苹果调味汁，加上羊油布丁和一杯结束美餐的深褐色浓茶，让你心满意足，趣味正浓。你美滋滋地抽着烟斗，身下是沙发软软的靠垫，炉火正旺，空气暖和温馨。在这幸福的氛围中，你想要读到什么？当然，是关于一起谋杀案的新闻。

奥威尔所描述的这幅周日英国家居生活的温馨画面，将《世界新闻报》纳入英国的传统与经典，让它成为不朽。最近，澳大利亚人默多克宣布关闭《世界新闻报》，许多英国人觉得不爽，就像要将传统的英国美食烤牛肉与约克郡布丁从他们的生活里消除那样。电话窃听，贿赂警察，高价买断新闻，每年大笔资金出账摆平当事人并阻止官司被打上法庭，这些确实都是事实。老默说他不知此事倒也罢了，毕竟是八十高龄的老者，毕竟《世界新闻报》只占新闻集团全部业务的百分之一，但是掌管日常事务的小默詹姆斯，窃听案发时的主编后为新闻集团英国主管的红发女郎吕贝卡·布鲁克斯（Rebekah Brooks）都宣称自己对此一无所知，就无法让人相信。老默可以让几位高管出来承担责任以保住报纸，但他的选择正相反，将所有的责任都推到记者头上，丢车保帅，168岁的老报纸和它的几百名雇员就成了牺牲品。还有更为愤世嫉俗的看法，就是默多克关闭《世界新闻报》不仅是为了要应对公众的愤怒，更是出于经济的考虑：广告商纷纷解约，读者宣布抵制，这棵摇钱树马上就要变成赔钱的深坑，还不如快手出快刀，让这几百名雇员现在全去领救济吧。等到事态平息，办一份《星期日太阳报》，就能把原有的读者群全部抓回来。虽然《世界新闻报》是默多克收购的第一份英国报纸，是他进入英国媒体的垫脚石，但是，澳大利亚人是没有烤牛肉和约克郡布丁情结的。

奥威尔的这段话被登在《世界新闻报》最后一期的最后一页上，伤感的只有英国人。7月9日，报纸最后一次印刷，如同出席葬礼，工作人员身穿黑色西装，报社外的台阶上有人留下一束束鲜花，有人流下眼泪。晚上10点钟，主编梅勒（Colin Myler）在一个简短的记者招待会后，举起最后一期样报，说："能说的，我已经都说了，按照老习惯，咱们现在去酒吧。"

如果在全世界评选最为"名不副实"的报纸，《世界新闻报》（*News of the World*）可以夺冠。从1843年创立之始到现在，这份报纸可以说与"世界"与"新闻"都关系甚少，它的绰号"世界性闻报"（News of the Screws）似乎更符合它的身份。维多利亚时代的伦敦雾气茫茫，潮湿的小巷中发生着凶杀，色迷迷的牧师窥视着街头的妓女，行为不检点的政客出入青楼，牵扯到偷情的知名人士的妓院中的谋杀案是它最吃香的故事，趣味低级，效果煽情，它常常会全文刊登淫秽的口供，猥亵的法院报告，粗俗的警察记录。《世界新闻报》的读者是那些刚刚脱盲的工人阶级，谋杀、奸情、暴力，典型的草根普罗大众的定位，3便士一份，也是当时最便宜的报纸。英国社会中充满了源源不断的迷恋情色的教士，淫荡腐败的政治家，吃里扒外的名人，是他们让《世界新闻报》长盛不衰。1880年，它的发行量为3万份，1939年，达到300万份。以后，它一直是英国发行量最大的报纸，它在商业上的成功让许多报纸步其后尘，《每日邮报》、《每日快报》、《每日镜报》等都是后起之秀。

在暴露名人隐秘的同时，《世界新闻报》顺便也清理了英国政坛。它最有名的功劳，莫过于在上世纪60年代揭露了英国最大的丑闻——普罗富莫事件。当时的保守党议员、国防大臣约翰·普罗富莫（John Profumo）与歌舞厅演员克莉丝汀·基勒（Christine Keeler）有染，关系虽然只维持了数星期，但其绯闻还是在坊间流传，《世界新闻报》刨根问底，披露出在基勒的情人当中，还有一名苏联驻伦敦大使馆的高级海军武官，此人后被证实为苏联间谍。冷战年代，英国国防大臣和苏联间谍同时分享一名应召女郎，有情有色有谍战。1963年3月，普罗富莫在下议院撒谎，声称自己与基勒没有任何不正当关系。但三个月后，他承认自己误导了下议院，辞去所有官职。几个月后，保守党的首相麦克米伦因为受到这一丑闻的打击而病倒，辞去首相职务。不久后的大选中工党胜出，可以说《世界新闻报》拉下了一届政府。

以后被《世界新闻报》的记者爆料的名人丑闻还有许多，例如1973年的议员兰伯顿爵士（Lord Lambton）的嫖妓和吸毒。但《世界新闻报》的许多记者都认为自己的职责和能力远远超过暴露绯闻，他们更要伸张正义。例如，其中最出色的一位侦探记者是莫哈莫德（Mazher Mahmood），他的特长是假扮各种身份卧底得到信息，据称由他经手制服的罪犯就有250人。近期他的著名举措是扮成中东大富翁，得到安德鲁王子的前妻萨拉的信任，萨拉竟然要价50万英镑，保证让这位中东富翁接触到当时的英国经贸大使安德鲁王子。

难怪有人要说：无论在朝在野，针对《世界新闻报》，英国的三大政党第一次达成一致，要对小报的窃听以及警察的参与等进行严格的调查，如今贪官们终于可以睡个安稳觉了。

英国的报纸一直有“大张报”（broadsheet）和“小张报”（tabloid）之分。现在从报纸的大小开本上来说，这种界限已经很模糊了。1969年，默多克收购《世界新闻报》时，它还是一张大报，1984年，默多克将它变成花边小报的小开张样式。2004年，同在默多克旗下的《泰晤士报》也从大报变成了小报，后来，《独立报》也步其后尘。《卫报》和属于同一集团的周日的《观察家报》于2005年放弃了大开张，但没有一路下行，而是停留在比小报稍大的版式上。所以，现在，如果从传统的版式上来分大张报和小报，那大张报也只有《每日电讯报》、《金融时报》和《星期日泰晤士报》了。

无论大报小报，英国媒体都充满了使命感，并且有着鲜明的政治立场。在这点上，英国小报和美国的小报可太有区别了，美国小报才是真正的花边报纸，炒作明星逸事。英国大报和小报的区别，主要是在其风格上。大报严肃，小报通俗，英国在全国发行的大小报纸就那么十来份，大家都要抢占地盘，吸引读者，竞争的手段非常激烈。在获取新闻的手段上，小报记者要略胜一筹，因为他们可以不择手段，可以带着支票本去采访，没有什么道德规范的约束。相比之下，大报记者因为有新闻公正的基本理念套在脖子上，行动反而非常受到约束。所以，小报总是能抢到独家新闻，及时暴露丑闻，这让大报只有羡慕的份。

大报小报风格迥异，报道手法和技巧上各有千秋，但是同样都很出色。相比之下，小报的记者编辑可能更有创意。英国人类学家凯特·福克斯在《英国人的言行潜规则》一书中，这样对比大报和小报：“大开版报纸的专栏作家，他们的文字固然渊博诙谐，但仍比不上小报文章。随便挑几份英国小报快速翻阅一下，你就会很快注意到，几乎每个大标题都在玩弄某种文字游戏，从双关语、隐语、精心炮制的拼写错误笑话、暗含文学引用或历史引用到聪明的创新词汇、带讽刺意味的批评、巧妙的韵文以及令人会心一笑的押头韵，不一而足。”她虽然是大报的忠实读者，但对英国的小报传统仍然充满赞许：“是的，这些双关语许多都很低劣，幽默字句大多十分牵强，低俗而幼稚；对性的暗示太露骨；过分地玩弄文字游戏可能会让人腻味。时间长了，你可能会觉得特别渴望看到简洁明快抓住主题的标题，不需要乱七八糟的小聪明。但是，这种纯粹的文字创意以及语言趣味的追求，不得不使我们肃然起敬，所有强大的双关语、韵文、笑话，都是独一无二的英国光荣传统。”

有趣的是，这次《世界新闻报》的窃听事件，从2009年就是由大报《卫报》进行跟踪报道，这张最左翼的报纸对默家王朝最流行的小报死咬着不放，《卫报》记者为的是证明，不用下三流的贿赂窃听的手段，他们也同样能得到独家新闻，能暴露腐败的内幕，能伸张正义。这次硬生生把《世界新闻报》给整死，《卫报》功劳不小。大报和小报的竞争，这次是大报占了上风。

这次窃听风暴，英国全民集体倒默，朝野两党意见完全一致。关闭《世界新闻报》，放弃对BSkyB的竞购，前往受害者家里道歉，在英国各大报纸上刊登道歉信，出席下议院听证会，这场媒体大腕和政客的较量中，默多克暂失一城，多年来一直被压在默氏大拇指下的政客终于有了一次扬眉吐气的机会。有人庆祝：默多克出入唐宁街十号的通行证被收回了，英国议院的大门在他面前关上了，这简直如阿拉伯之春，古老的王朝在民愤之下如大厦倾倒。

默多克的新闻集团掌管着英国报业的半边天下（《泰晤士报》、《星期日泰晤士报》、《太阳报》和《世界新闻报》），在过去的四十年中，默多克对英国政坛一直有着铁腕的控制。这么多年来，英国一任任被民主选举出来的政治家都要拜倒在默多克大王的膝下，得到他手下媒体大军的支持，是每次大选胜利的保证。默多克又被人称为“拥王者”（King maker），有人说，是因为他对撒切尔夫人的公开支持，使得工党十几年在野，后来，也是他成就了布莱尔。1995年，刚刚上任不久的工党领袖布莱尔特地飞到太平洋中的海曼岛上去拜望默多克和他的高管们，第二天，《太阳报》的社论中就宣布他们将支持这位工党新领袖。两年后英国大选工党的大满贯胜利，《太阳报》的支持功不可没。以后，默多克每次到英国，总是唐宁街的座上客，有人甚至将默多克称为工党内阁的第二十四位成员。

《太阳报》当年对工党的支持，保守党并不记仇，卡梅伦也不例外，他非常明白与默家子弟搞好关系的重要性，特别是默家年轻的一代。被默多克称为家中第五个女儿的布鲁克斯曾经是新工党的支持者，是布莱尔的好朋友，后来，也与布朗夫人甚为亲密，现在当然是卡梅伦太太的闺中密友。布鲁克斯现任丈夫是卡梅伦哥哥在伊顿公学的同学，而且，他们两家还是牛津郡美丽的Cotswold乡村中的邻居，在那里置业的除了卡梅伦和布鲁克斯，还有默多克的女儿伊丽莎白。远亲不如近邻，都住在方圆几公里之内，他们当然常常走动，互相为座上客。去年圣诞节他们也是一起过的，客人还有小默詹姆斯。第二天，他们还一起去参加了邻家庄园中的派对。而且，虽然屡屡有人提出警告，但卡梅伦还是雇用了《世界新闻报》的前任主编库尔森（Andy Coulson）负责新的联合政府媒体公关，直到库尔森涉嫌窃听丑闻而辞职。

即便是现在叫嚷得声音最响亮的工党新领袖米利班德，也不那么干净，他手下的公关负责人也是新闻集团的前任记者，而且，上个月还参加了新闻集团的夏日派对。直到7月初，他对电话窃听所采取的也是视而不见的政策，他曾经对一个同事说，因为他害怕默多克麾下的媒体在下面三年中会对他痛打不休。

在英国议会听证会上，默多克虽然承认这是他“最为谦卑”的一天，虽然看上去苍老疲惫，但是当被问到他与英国唐宁街一任任主人的亲密关系，问起他与历任首相的一次次会面时，他回答道：“我还真希望他们不要来烦我呢。”那种对政客的轻蔑态度跃然而出。

也正是这种轻蔑，让英国的媒体健康，而将这种对政客的蔑视广泛传播，确实是默多克的功劳。上世纪90年代英国从欧洲汇率机制中退出时，当时的首相梅杰亲自打电话给《太阳报》的主编麦肯锡（Kevin MacKenzie），询问他们将如何报道此事。主编这样回答首相：“约翰，我已经准备好了一桶大便，我要一下子全倒在你的头上。”

世界上还有哪个国家的小报主编，能这样对首相说话？

在整个窃听丑闻中，还有一个重要的元素，那就是英国的公众。

英国的花边小报之所以如此发达，是因为它们拥有巨大的读者群。据调查，80%的英国人都会阅读某一种全国性的报纸，而其中，阅读大报的只占16%。英国人保守、内向，在社会交际上总是比较拘泥尴尬，不自在，而且，又特别重视隐私。不善交往，隐私至上，这必然会导致一种窥私欲，而窥视他人私密的最有效最合法的途径，就是通过花边小报。

英国文化中有着狭隘和残酷的一面，记得以前学习《新概念英语》时，其中一课讲到英国幽默，说英国人最喜欢的笑话是某人先摔断了一条腿，后来又摔断了一条腿。英国人虽然喜欢幸灾乐祸，但是他们从骨子里说又是善良温和的，他们的幸灾乐祸是有分寸的，不能太过头。

这就像奥威尔在《英国式谋杀的衰落》中所分析的那样：“对于《世界

新闻报》的读者来说，完美无缺的谋杀案应该是这样的：凶手是一位矮小的专业人士——例如牙医或律师——住在郊区，过着极其体面的生活，最好是住在一栋连体别墅里，这样邻居能隔墙听到可疑的声音。他或是当地保守党的主席，或是新教派和禁酒派领袖。他因对女秘书或同行对手的妻子怀有非分的恋情而误入歧途，在同自己的良心进行了长期而可怕的斗争后，终于决定犯罪。决定谋杀之后，他进行了极其狡猾的计划，只是在某个细小的、没有预料到的细节上出了错。当然，他所选择的手段是毒药。归根结底，他之所以选择谋杀，是因为在他看来，被人觉察通奸比谋杀要更丢人，对他的事业更有害。在这样的背景下，这起谋杀案就充满了戏剧性和悲剧感，令人难忘，让人对被害者和凶手都感到同情。”

窃听那些富贵名人的电话，翻阅他们的垃圾，打探他们的私情，是一回事，那如同罗宾汉劫富济贫。足球明星、电影明星、政治明星、王室成员，用他们的隐私博大众一乐，无伤大雅。但是，窃听被谋杀的少女米莉·杜勒的电话，删除语音留言中的信息，以至于造成她仍可能活着的假象，折磨她父母的身心，妨碍警方的调查，还窃听了伦敦“七七”恐怖事件中的受害者以及阿富汗战死士兵家人的电话，这确实是太过分了。

英国人集体倒默，也是小报读者的内疚所致。这让人想到1997年戴安娜王妃去世后那段时间，英国人那种歇斯底里的悼念之疯狂，真比失去亲爹亲娘还要伤心。当时我认识的几位排了一宿队抱着鲜花去肯辛顿宫为戴安娜的纪念册签名的人，全是花边小报的最忠实的读者。一方面因为他们通过花边小报，对戴安娜的一切了如指掌，可能比对自己的兄弟姐妹都要更了解，所以，戴安娜去世，就真像他们失去了一位挚友一样；另一方面，戴安娜的悲剧是直接由小报狗仔队的追踪而导致的，狗仔队是为了满足读者的需求，所以，这些花边小报的读者虽然不愿意承认，但是他们知道，戴妃之死他们都有责任。所以，大家都争先恐后前去哭丧，更是为了安抚一下自己的歉疚之心。

窃听丑闻到底应该由谁来负最大的责任，布鲁克斯是否有罪，库尔森是否有罪，所有这些，还要等到警方的调查和法庭的审判之后才能定论。然而，新闻自由，道德约束，政府监管，这三把宝剑之间的关系到底如何平衡，这种讨论早已开始，而且可能会持续很长时间。

无论如何，英国是不可能没有小报的，一个《世界新闻报》倒下了，不久就会有一个《星期日太阳报》站起来，就像烤牛肉和约克郡布丁，它们是永远不会在英国消失的。

（2011年8月7日《东方早报》）

如果老子看见了老子圣像

吴祚来

3月18日，老子圣像在河南省灵宝市函谷关揭幕。据报道，这尊老子像高28米，重60吨，为紫铜锻造贴金，总投资2588万元。传说函谷关是老子著述《道德经》之处，也是我国历史上建制最早的雄关要塞，目前已建成为一个融军事文化和老子文化于一体的人文景区。

看到这则报道，我立即想到，如果老子见到了自己这尊雕像，会如何感叹？道可道，非常道。名可名，非常名。像可像，非常像？主张无为而无不为的老子，碰到为所欲为的地方政府，肯定不会觉得自己是老子。谁敢在财大气粗的地方政府面前，自称老子呢？

一家网站转载的这条消息之后有数以千计的跟帖，主要内容都是批评当地政府不惜纳税人财力打造这样的文化形象工程。网友追问，这样动用巨资，经过了怎样的程序，当地人大是怎样通过的？它是为经济回报呢，还是仅表达对一位古代先贤的敬意？如果是违规建筑，是否应追究相关领导的责任？

这几年祭祀先贤名人之风盛极一时，考古学家尚且不知的古人出生地、出生时间，地方政府却了如指掌，有时请一些专家来走穴式论证，有时就在相关新闻里加入“据专家考证”或“据史料记载”，一道借古还魂的大餐就呈现在世人面前。然后就是大造声势，就是营销与大兴土木，以及圈地招商。最后是成功还是失败，是提升了地方文化知名度还是成为文化泡沫，都不得而知。几年之后，那些签字搞文化工程的领导就易地为官了。

孔子拜访过老子，回家后对弟子说，他就像传说中的龙一样。老子不喜欢多言，他所有思想用五千个字表达了，不复赘言。世人都知道强大、财富、权力、作为的价值，但老子却发现了另一面的价值，就是反价值：“反者道之动”。不强大、不富贵、无权力、不作为，更能给社会幸福和平安宁。如果地方政府真心诚心尊重老子，或读懂了老子，还会干这样愚不可及的劳民伤财的事吗？孔子说祭神如神在，你既然拿老子当圣贤，为什么心中没有老子的道德精神呢？

中国史载的第一个盛世是文景之治。汉高祖刘邦平定天下后，社会极度贫困，连他自己想找四匹同样颜色的马都不可能。而他采用的国家指导思想是道家，是黄老之术，无为而治。汉文帝与汉景帝之所以能开创伟大盛世，就是承袭了高祖无为而治的政治理念。

汉文帝的无为，主要是不擅用权力，不去造大皇宫、大城墙，而让百姓有所作为，开山林水泽之禁，让百姓获得更大开发空间，曾两次“除田租税之半”，即租率减为三十税一，十三年还全部免去田租。自后，三十税一遂成汉代定制。他还废除区域间商业税费关卡，使贸易自由便捷。而自己宫中生活则极其简单，有一次他想造一个露台，当得知预算大约要花费百金——相当于中等人家十户的产业，就放弃了修建计划。汉文帝去世时，也薄以瓦葬，即陪葬之物是简陋的器皿。

用老子无为而治的思想统治国家，结果如何呢？据《汉书·食货志》记载，汉初至文景之治的70年间，百姓富足，仓廪堆满了粮食，来不及食用，甚至多到腐烂，国库里的钱财也太多，串钱的绳子都朽烂了。

是用老子朴素的政治思想，使我们回到社会常识，还是用老子大造形象工程？灵宝地方领导选择了后者。皇权时代的君王，尚知爱惜民力，不肯花百金造露台，而当代人民公仆们，却花费数以千万计的资金，造一个巨大的塑像，这让老子情何以堪？但倘若把这些钱用来建希望小学或投入当地社保、医保中，固然造福百姓，但可能就没有影响力，对地方掌权者没有好处。集当地之财力干一件大事，就是造圣贤巨像供世人膜拜。

有时我想不明白，西方古代圣贤，苏格拉底、柏拉图、亚里士多德，在人类文明史上也是闪烁的巨星，为什么其国家百姓没给他们造出巨大的塑像呢？原因应该只有一个，在中国，地方政府的公权力实质没有任何力量制约，任何动议都可被人大、政协举手表决通过。上级政府发现问题时，他们事情已经做出来了，就等着剪彩与报道了。

看起来是给老子塑像，其实是给地方政府这个老子自己树像。像越高大，百姓越要仰视，仰视的仍然不是老子，而是地方政府的公权力。

（2011年3月21日《东方早报》）

嗨！《新闻联播》，笑一个

邹振东

“嗨！笑一个！”

谁都知道这是拍照前用得最多的一句话。让我感到有趣的两个问题是：为什么人们在拍照的时候对着镜头要笑呢？还有，为什么人们在不拍照的时候对着别人却往往不笑呢？

如果有一个人向你大爆新闻“某某某会笑了耶”，你一定会怀疑他神经有状况。笑，是人的本能，如果不是植物人，有什么好大惊小怪的呢？但是，最近，《新闻联播》主播开始笑了，却真正成为新闻中的新闻。甚至《新闻联播》主播换了个尖下巴的，也被制作成这样的新闻标题——《新“国脸”清新亮相〈新闻联播〉》，令人似乎要奔走相告。

我不知道什么时候《新闻联播》主播的脸变成了国脸，但毋庸置疑，没有一档电视节目，甚至没有一个媒体栏目拥有像《新闻联播》那样至高无上的地位，即便是《人民日报》的栏目。翻开各地的报纸，我们不会在当地报纸的头版每天固定看到《人民日报》的某个栏目，但是，我们每天打开各省卫视及地方台主频道，你一定会在晚间7时准时听到《新闻联播》那熟悉的片头曲。

十年前我在党校中青班学习，参加了一次在部队的军训，从早操开始，经过一整天的队列训练，吃过晚饭我以为可以休息了，没想到突然口哨响，紧急集合，我正纳闷怎么晚上还有操练，集合的队伍唱着歌儿开始向俱乐部前进，原来是集体收看《新闻联播》。我第一次坐着小板凳、挺着腰板斗志昂扬地看完一集《新闻联播》，正准备接着把《焦点访谈》一起看下去，没想到口令声响，全体起立，大家又唱着歌儿排着队回到了营房……

我真正认识到《新闻联播》在全国人民生活中的重要性是在华西村。吴仁宝介绍的一个重要经验，就是组织大家每天准时收看《新闻联播》。1992年，吴仁宝从《新闻联播》得知小平同志的南方谈话信息后，敏锐地判断全国经济要大发展，因此下令动员一切资金囤积原材料，创下了“看一次《新闻联播》，至少赚了一亿”的民间传奇。

在中国，电视界跟风严重，《新闻联播》更是模仿者众。看看那些各地大大小小的电视新闻栏目吧，从片头滚动的蓝色地球，到主持人的脸型、着装、播音腔，可以看到一个个《新闻联播》的影子。在一片克隆的泛滥下，我们恰恰看到的是对《新闻联播》的不够尊重，对自己受众的不够负责。厦门卫视在招聘新闻主持人时，大家似乎有一个共识，那就是尽量寻找脸长得不太像《新闻联播》主持人的那一款。这不仅仅是为了让栏目的符号更有个性、更有记忆点，而且也是因为要牢记自己的本分，你不是国家大台，你没到这个份，就不要装这个腔。

《新闻联播》最近的变化连台湾媒体也十分关注，台湾《旺报》就大篇幅地进行报道。台湾人对《新闻联播》最不能理解的可能还不是主持人不笑，而是两位主持人从头至尾不看对方一眼。有一次，和一位台湾媒体同行吃饭，刚好电视里在放《新闻联播》，他好奇地问我：“这两位主播互相不认识吗？”我说：“怎么可能，他们是同事，一个播音组的。”他又问：“既然他们认识，为什么在电视里装不认识，甚至眼神都不交流呢？哪怕是结尾收拾稿子的时候也可以微笑打一个招呼呀？”我愣了一下，然后定定地看着他，说：“因为，酷！”

我对《新闻联播》的同行充满理解，因为身份特殊，《新闻联播》的一举一动，牵动着亿万观众的眼和心。他们有更多的使命和责任，也有更多的压力和纠结。罗京就曾回忆，他想变一个发型，台长都不同意，说剪完了头发，大家就不认识你了。

无论如何，《新闻联播》要改革了。我是一个现实主义者，我支持每一寸进步。《新闻联播》每一点进步，都值得期许；《新闻联播》每一点改进，都值得鼓励。

有很多人在为《新闻联播》的改革提建议，诸如头条的设置、新闻的顺序、新闻的时效、领导人的同期声、播音员的语速、国际国内新闻的比例……但我认为这都是治标，让一个新闻栏目回归到新闻栏目，这才是《新闻联播》改革的方向。《新闻联播》所有的辉煌和包袱，都来源于它太重要了，解决问题的方法或许就是不要让自己太重要，至少，自己不要把自己当作“太重要”。民意对《新闻联播》最善意的提醒就是一个字：“放”——请把身段再放低一点，让自己更放松一点。民众希望看到一个笑容能灿烂整个中国的《新闻联播》。《新闻联播》的改革者静下心来，就能够听到数亿观众拿着遥控器在说：嗨！《新闻联播》，笑一个！

（2011年10月20日《南方周末》）

被命运眷顾的总统

崔卫平

2011年12月18日，捷克前总统瓦茨拉夫·哈维尔（Václav Havel）离世，走完了他充满戏剧性的一生。

1989年底捷克发生“天鹅绒革命”，异议作家哈维尔被推举为新任总统，他不仅没有一份现成的履历，甚至没有一条穿得出去的裤子，他向别人借的那条有点太短。正像他自己后来说的：在我们中间，有教授、画家、作家、暖气专家，我们所追求的是要成为一个自由人，为这个国家的实际状况作证。“说真话，并没有想到接管政权。”而这一年的1月，他还被警察在布拉格文策尔广场附近抓捕，事因纪念苏军入侵时自焚的青年扬·帕拉赫。他被判九个月的监禁。4月，一些演员、作家和知识分子组织了一次大规模的声援浪潮，哈维尔最终被释放。

为了向公众更好地介绍新总统，助手们认为，紧急印刷他的那本问答式自传是必需的，这本书的捷克文书名是《远距离采访》，英文书名译为《去捣捣乱》（*Distur bing the Peace*）。1992年，中国的东方出版社以“内部发行”的名义，将这本书翻译出版，印数1500册。

刚进总统府，哈维尔发现了许多有趣的事情，比如自己办公室隔壁有一间屋子始终打不开。后来进去之后，他发现了一套通信设备，是专门用来与华沙条约组织联系的。他与他的新同事顺便用这个设备，给戈尔巴乔夫发了一封电报，祝贺他“新年好”。

这期间，他应该正在准备那份著名的演讲——《1990年新年献词》。此文开门见山地说：“40年来，每逢今日，你们都从我的前任那里听到同一个主题的不同变化：有关我们的国家多么繁荣，我们生产了多少百万吨的钢，我们现在是多么幸福，我们如何信任我们的政府，以及我们面临的前途多么辉煌灿烂。我相信你们要我担当此职，并不是要我将这样的谎言向你们重复。”

这个开场白很能够说明哈维尔的个人风格，也可以将它看作他命运道路的起点：厌恶一切陈词滥调，尤其是其中的谎言。

哈维尔1936年出生于布拉格一个富有的家庭，这让他在周围人们中间始终感到羞愧。他的父亲和叔叔创办了捷克巴兰道夫电影制片厂，该厂曾经是欧洲最大的电影制片基地之一，因此哈维尔多年的梦想是拍一部电影。年轻时他很想进布拉格最高电影学府，已成名的作家米兰·昆德拉推荐了他，但由于他的资产阶级出身没有被录取。被排斥的经验让他学会“从下面”看问题，体谅别人的痛楚源于知晓自己的痛楚。

很少有人看懂他写的诗，他称它们为《图像集》。完整的词汇被他撕成一个个字母，像风中的鸟儿一样仓促迷乱。宽松的20世纪60年代前期，他在捷克先锋小剧场担任布景、提词、照明和演员，有空也抓紧时间写作自己的剧本。他第一任妻子奥尔嘉是剧场的领座员。他的戏剧被认为是荒诞派风格，但其实并没有人们想象的那么抽象，许多是嘲笑官僚主义的，弄一些暗语在剧场里与观众接头，让大家笑得前仰后合。他有一个剧本的名字叫作《思想越来越难以集中》。在捷克作家协会上他大声发言，一度被认为是颇具培养前途的年轻剧作家，直至被开除出这个协会。

1968年苏军入侵时，他与朋友在捷克北部的一个小城镇抵抗了一个星期。始终处于边缘、生性腼腆的哈维尔每天撰写一篇评论，由当地的电台播出。他甚至还为不同政府部门的头头脑脑起草大篇宣言，表明捷克民族绝不屈服的决心。事后，他亲眼看见苏联坦克从市中心广场两边拱廊碾过，把一些人轧进瓦砾之中。抵抗的人们大多销声匿迹，许多人流亡国外，包括昆德拉。从20世纪70年代开始，捷克社会一度变得死气沉沉。昆德拉写文章说被入侵是捷克民族古老命运使然，哈维尔对此言论予以反驳。

1975年，哈维尔提笔给当时捷克斯洛伐克总统胡萨克写了一封长信，描绘了所处社会中人们精神和道德上的可怕衰退。他指出，表面上的“稳定”，是靠制造人们心中的“恐惧”来维持的。每个人都担心有东西会失去，因而接受来自官方的大小“贿赂”，在道德上把自己降为低人一等。那其实也是一段经济发展时期，然而人们仅仅拥有选择某台冰箱或洗衣机牌子的自由，拥有给自己房屋内部装修的自由，当权者欢迎这种能量朝向私密空间的溢出。“明天这个民族将忍受多么深刻的智性方面的衰落，以及道德上的软弱无能？”他向他的总统发问。结尾处他对从未谋面的收信人这样说：“要求您根据您的历史责任作出估价，并以此而行动。”

写完这封信他长长喘了一口气，多年积压的精神负担稍微缓解。这是哈维尔性格上又一个令人瞩目之处：比起其他人，他更愿意坚持自己立场的一致性。当环境变了，周围的人们也改变了他们原先的做法，他却愿意不断回到自己的起点，回到最初的信念上去。他需要坚持自己生命的前后连贯。他把这个又称为“同一性”和“延绵性”。

信件寄出之后，他随身准备了一个应急包，里面放着牙刷、牙膏、肥皂、一些换洗衣服和常用药，准备在任何情况下被捕。这之后的许多年中，如果他不是正好在牢里，就随身带着这个小包。1988年法国总统密特朗访问布拉格，在早餐会上会见了几位布拉格异见知识分子，哈维尔将这个小包也一并带上。他准备好一踏出家门就回不来了。

1976年，捷克一支叫作“宇宙塑料人”的摇滚乐队19位成员被捕，其中领头的叫伊万·伊劳斯。稍早时候两人见过面，长发披肩的音乐人并不信任哈维尔，认为他是“官方允许的反对派”。哈维尔也逐渐了解到，这些人不管言谈多么粗俗，头发多么长，但是音乐里有一种“特殊的纯洁，一种羞怯心，一种脆弱感”。乐手被抓的事件在布拉格知识界引起震撼，《七七宪章》因此而诞生。这份区区几千字的短小宣言，旨在呼吁政府能够遵守自己同意的（1975年）赫尔辛基人权公约。第一批签名者243人。宪章的三个发起人包括哈维尔本人、德高望重的哲学家扬·帕托切克，以及1968年离职的前共产党人、当时的外交部长伊希·哈耶克。这个组合体现了参与者的多元化。

哈维尔是三个发起人当中最年轻的，警察把他抓了起来。从此他开始了与警察之间的多年周旋。他当总统13年，而此前的十来年，都是在监狱或看守所大门进进出出度过的。其中最长的一次是1979年5月到1985年1月。这位未来的国家总统，在当时以“危害共和国”的名义被判刑四年半，最终因病提前半年释放。他在牢里被允许每星期给妻子写一封信，因为不准谈其他事务，他就继续发挥有关人的“同一性”、“认同感”、“存在的地平线”这些令人费解的题目，弄得他的典狱长大声咆哮：“什么‘存在的秩序’、‘精神的秩序’，你唯一应当关心的，是监狱的秩序。”

这些书信后来以《致奥尔嘉》为名结集出版。在监狱这个世界的尽头，哈维尔再次返回自己的源头，检查自己生命的根基。他对妻子写道：“一个人的秘密是他责任感的秘密。”许多人欣赏哈维尔反抗的行为及勇气，然而在我看来，与他看得见的行为同样重要的，是他不断给出抗争的理由。他不是为了反抗而反抗，不是因为仇恨而反抗，更不是为了赢得权力或名声，而是因为人的“良心”、“尊严”和“责任感”。他被誉为今天这个世界上的“哲学家国王”。

还应当算上“想象力”。想象力是一种穿透力，能够看清潜藏在事情背后的东西；也是一种坚持的决心——一旦看到，就深信它。他竟然把良心这种东西带进了政治！他反复强调，政治不应当与人类生活为敌，不应当与人类良知为敌。政治是一种责任，政治家们则应当对这个世界担负更多的责任。

他反对他的前任一再打压社会良知的做法，在转型最困难的时刻对公众呼吁：“我一次又一次相信，在我们社会中，仍然有着巨大的沉睡的善意。只是它们处于某种松散的、受压制的、混淆的、破碎的和困惑的状态。在这种情况下，政治家有责任去唤醒这种沉睡的善意，给它提供方向，打开通道，鼓励和给它提供空间，赋予其希望。”

2009年3月，哈维尔在他的办公室里会见了中国知识界一行三人。我们向他发问：“什么是贯穿你一生的东西？”他答：“冒险性。”问到有关历史及其与个人的关系，他强调，“偶然性”更重要。问他想对中国年轻人说些什么，他回答：“希望他们按照自己的心愿生活。”是的，假如一个人按照自己的心愿去生活，视自己的生命为一个整体，而不是四分五裂，就会进入充满偶然性的种种冒险状态。

当然并不是所有冒险都通向总统宝座。哈维尔的故事也并非一个成功的典型，他身上有许多自我抗击的成分。他的政治对手克劳斯批评他是个“半社会主义者”。“如果我任职期间，突然被传唤到某个阴森森的法庭接受审讯，或者直接被带去哪个采石场服苦役，我一点也不感到奇怪。”哦，处于转型期的身心疲惫的公众，听到他们的总统早晨向他们发布昨天晚上的噩梦，会怎么想呢？然而这却是哈维尔接近自己、保留自身人性的独特方式。他形容自己大起大落的一生是“命运设下的残酷陷阱”。

2007年，他将自己从权力中撤出的经历写成剧本《离开》，2010年又亲自导演拍成了电影。他最早的梦想终于实现。

（2011年12月26日《新世纪》周刊）

呼吁审查制度

景凯旋

1985年，在匈牙利作协大会上，一位著名作家强烈呼吁审查制度。他要求政府设立一个明确的审查机构，详细规定它的权力；要求制定明确的法律条文，如果作家越过了界限，可以通过法院来起诉。这样，作家们至少知道创作的限制在哪里。

自弥尔顿发表《论出版自由》以来，不同制度的各国宪法相继都规定了言论自由和出版自由，但无论西方国家还是苏联、东欧，都没有明文的出版法规。在上世纪80年代的匈牙利，作家们却主动要求建立审查制度，并把它看作一种进步。

匈牙利事件后，卡达尔上台掌权。为了恢复社会和谐，他提出口号："谁不反对我们，就是和我们站在一起"，取代了过去"谁不和我们站在一起，就是反对我们"的口号。

与东欧其他国家相比，匈牙利艺术家在创作上要自由得多，出版界也要宽松得多。比如，在匈牙利可以出版在其他东欧国家遭禁的作品。当然，仍然有许多政治的禁忌，最重要的创作戒律就是：艺术必须证明现实。

然而，由于没有明确的法律规定，什么内容是可以发表的，什么内容又是不可以发表的，标准很模糊，控制言论的部门总是滞后，编辑往往会以最快时间处理稿件，但早上获准发表的一篇文章，中午就可能遭到谴责。好不容易公开出版的一本书，很快就可能遭到禁售。编辑和作者不知道，一篇文章或书籍在通过时，哪个环节会出问题，作品的命运将会如何，自己会不会受到处罚。

编辑就像法官，他可以自由裁量，但他的决定只能根据上面的指示。在这种情况下，每个人为了生存都变成了审查人员：除了宣传官员，报刊编辑、出版社审读和电视节目制作者，甚至艺术家本人，也学会了严格的自我审查，不断删除作品中的敏感词，删除大段文字和镜头，加进一些主流意识形态的说法和概念。编辑和作者都明白，要想公开发表作品，就得善于打擦边球，采用曲折的隐喻。这样一来，思维与话语的完整性遭到了损害，作品的意思往往与作者的意图相左，或者变成言不及义的空话。

呼吁审查制度是个讽刺，因为不公开的审查制度一直都存在。作家米卡罗斯·哈拉兹提曾写了一部书《天鹅绒监狱》，描述这种“审查制度的文化”。他在书中假托一个正统作家的口气，论证创作者和审查者并不是对立的关系，而是亲密的合作者，他们“相互拥抱”，共同创造了繁荣的文化生活。艺术家们通过“创造性妥协”和“自我纠正”，越来越与国家利益趋于一致，以至于不再需要公开的审查制度。

这是一种“进步的审查制度”，它不要求艺术家必须表现完美的社会，或者对主流意识形态的忠诚，而只要求他们认可制度的永恒性。它的宽容度不是由专横的命令所决定，而是由合作的意愿所决定。国家拨出财政预算供养艺术家，艺术家则提供国家需要的产品。这种非经济的方式被视为艺术的“解放”。

20世纪70年代，政府曾试图倡导大众文化，把艺术品推向市场，结果引起许多“严肃”艺术家对庸俗文化的抗议，他们担心这样会危及自己的崇高地位和稳定收入，宁愿接受保护而不是自由。对这些艺术家来说，上世纪70年代的匈牙利已经不同于30年代的苏联，或者50年代的匈牙利。斯大林主义早已成为过去，虽然意识形态未变，但现在的国家已经采用一种新的温和机制来统治社会，由上面发布命令的粗暴方法已经被艺术家和国家的共生关系所代替。艺术家们既然已成为“国家艺术家”，出于责任感也要主动维护国家利益，严格进行自我审查。

此书令人想起米沃什的《被俘获的心灵》，都是循着某些知识分子的论调和逻辑，探讨他们的内心世界。哈拉兹提是一个独立的思考者，他从不将世界简单地分成“他们”和“我们”，事实上，如果没有“我们”的合作，“他们”的权力一天都维持不下去。70年代初他被迫离开大学，去工厂劳动了一年，后来将自己的经历写成一部书《一个工人国家的工人》，并以萨米亚特的形式出版，为此他遭到逮捕和审判，被禁止在公开场合发表文字。80年代，他成为萨米亚特杂志《讲述者》的主要编辑和撰稿人。

哈拉兹提对审查制度文化的论述是深刻的，后来的事实也证明，苏东剧变的一个重要原因就是由于萨米亚特成功地打破了体制对信息和真理的垄断。

（2011年10月23日《财经》杂志）

文化：不扶持的逻辑

周 飙

自从门户开放以来，就时常有人惊呼外来文化之冲击，或哀叹本土文化产业之衰微和不争气，而在经历了多年经济增长之后，与其他部门的蓬勃兴旺相比，文化产业的萎靡不振，就更显得格格不入了，所以难免有人要问，该如何促进文化产业的发展？政府是不是该下点力气扶持一下？还有更富底气的：什么时候咱们也对外输出点价值观？

这些问题都问错了，要知道，如同饮食和服饰产业一样，文化是个你最不需要担心如何让它繁荣起来的产业，对文化产品的需求普遍、强烈且根深蒂固，它深植于我们的人性之中，只要给它一点土壤和空间，便无处不在蓬勃生长。

真正需要担忧的，是那些人口稀少、语言孤立的社会，而像中国这样有着悠久历史、庞大人口的大型都市，拥有官话（8.7亿人口）这一头号大语种，还有吴语（0.8亿）、粤语（0.7亿）、闽南语（0.5亿）等大语种，以及普通话（12亿）这个头号通用语的社会，是天然的文化沃土。

综观全球，凡拥有5000万人口以上大语种的语言文化群体，都拥有较为发达的文化产业和颇具影响力的地区文化中心。以电影为例，印度拥有世界产销量第一的电影产业，其以印地语为主的宝莱坞举世闻名，但印地语人口其实还不到3亿，所以12亿人口的印度还有两个不大为外人所知的电影中心：孟加拉语的陶莱坞和泰米尔语的考莱坞，而这两个语种的规模分别为1.7亿和0.7亿。

另外，西班牙语的墨西哥、葡萄牙语的巴西、斯拉夫语的俄罗斯和南斯拉夫、突厥语的土耳其、阿拉伯语的埃及，都拥有各自兴旺的影视业；埃及电影一度成为其第二大出口商品，开罗方言甚至因此而取得了阿拉伯世界标准口音的地位；人口1.5亿的尼日利亚没有压倒性的大语种，但它的四五个一两千万规模的中等语种，也支撑着一个被称为瑙莱坞的生气勃勃的电影产业。

文化产业之所以如此容易发育和繁荣，是因为消费者的筛选底线非常低，正因为需求太迫切，所以在没有更好替代品的时候，再粗制滥造的劣质品也卖得掉。这一点，只要看过几部千篇一律的印度歌舞剧、冗长拖沓的墨西哥电视剧和弱智粗糙的香港警匪片，大概都会有所体会。

正因此，相对于机械、化工、生物、信息等现代工业，文化产业几乎没有门槛，也不需要培育需求，永远存在一个需求旺盛的市场供企业家尝试各种作品类型和商业模式；甚至它对法律制度、基础设施、营商环境、行政效率、收入水平、教育程度等等其他产业常常很敏感的生态条件，都没有太高的要求，比如前面所罗列的各大语种电影业中心，所在社会除香港之外在产业生态条件上都算不得好，有些甚至是极端恶劣，唯一的必备条件是大语种和人口密集居住，当然还有——免于强力压制。

除了意识形态宣传的考虑之外，对文化产业构成压制的力量和舆论基础，也常常来自权力和精英阶层对大众文化之庸俗的担忧、反感和抵触；对庸俗的反感是可以理解的，担忧则大可不必，大众文化从来都是庸俗的，毕竟任何社会的绝大多数都是俗人，雅士从来都是极少数，后者大可以坐享其优越感，却没有道德上的理由将其审美偏好强加给广大俗人。

因而文化若要发展成一个大产业，构成其主要部分并在数量上占压倒性优势的产品，必定是庸俗的；更重要的是，对于精英和雅士们，假如他们希望看到更多高雅作品从文化市场上涌现，那么试图遏制庸俗文化的发展也是不明智的，相反，他们应该乐见庸俗文化的繁荣，因为一个庞大而繁荣的庸俗文化市场，将为高雅产品的孕育和成长创造更好的土壤。

为理解这一点，不妨把高雅和庸俗文化视为两个平行产业，这两条产业链的重合部分主要在中间，而它们的两头——原始创作和最终需求，都不具有很高的替代和排挤关系；一个整天给墨西哥连续剧写剧本的作家，大概一辈子也写不出狄更斯那样的传世佳作，而那些对黑泽明情有独钟的观众，大概更不会因为大量印度歌舞片的存在，而放弃他们对严肃作品的兴趣。

所以，大量生产的庸俗产品，既不会吸走高雅作品的创作者，也不会作为替代品满足对高雅作品的需求，相反，它们只会因推动文化产业链中间环节的发展，而为高雅作品提供一套成熟而廉价的基础设施和分工合作体系。而假如没有庸俗产业巨大规模的推动，仅凭高雅作品那小得可怜的规模，是不足以支撑这些分工精细的中间环节发展的。实际上，高雅产品正是搭了庸俗产业的便车，才能获得它今天在各大文化中所取得的成就，假如没有广大歌舞片和肥皂剧观众的无心支持，或许狄更斯的小说今天仍会躺在旧书架上，而没有机会被搬上银幕而遇见它的观众。

（2011年10月31日《21世纪经济报道》）